리이브 VCD를 본다. 흔히, 다른 연예인들은 일이 년밖에 안 지난 자료화면을 봐도 촌스럽거나 어색해 보이곤 하는데, 그는 벌써 십 년이나 지난 앨범 속에서도 전혀 그렇지 않다. 그리고 암만 봐도 늘 새롭다. 간간이 정지버튼을 눌러 아주 멋있거나 예쁜 표정들은 캡처까지 해가며 열정적으로 감상했다.

내 심장 국민언니

박삼교희 장편소설

청어

내 사랑 국민언니

박삼교희 지음

발행처 · 도서출판 **청어**
발행인 · 이영철
영　업 · 이동호
기　획 · 최윤영 | 김홍순
편　집 · 김영신 | 방세화
디자인 · 김바라 | 오주연
인　쇄 · 두리터

등　록 · 1999년 5월 3일(제22-1541호)

1판 1쇄 인쇄 · 2012년 3월 1일
1판 1쇄 발행 · 2012년 3월 10일

주소 · 서울시 서초구 서초동 1588-1 신성빌딩 A동 412호
대표전화 · 586-0477
팩시밀리 · 586-0478

블로그 · http://blog.naver.com/ppi20
E-mail · ppi20@hanmail.net
ISBN · 978-89-94638-92-8 (03810)

내 사랑
국민언니

Contents

후레지아

내려쬐는 봄 햇살에 미간을 찌푸리며 십여 분을 걸었다. 옷을 너무 두껍게 입고 나왔나 보다. 이마에 땀이 촉촉이 오르고 안고 있는 상자의 무게에 어깨가 뻐근해질 즈음 길 건너 우체국이 보였다. 다시 걸음을 재촉한다.

우체국으로 들어와 자율포장대에 상자를 놓았다. 후우…….
살짝 감각이 무디어진 양팔을 옆으로 젓히며 우체국을 둘러본다. 창구 옆에 구비된 엽서가 눈에 들어왔다. 이십 엔을 내고 엽서 한 장을 샀다. 그리고 또박또박 적기 시작했다.

— 미안해.. 더 이상은 내 것이 아닌 것 같아서......

상자를 열었다. 그리고 곰 인형이며 시집이며 사진액자에 이런저런 액세서리가 든 케이스까지, 뒤섞인 그 추억들 위로 엽서를 떨어뜨린다. '톡' 소리를 내며 엽서는 상자 속의 물건들과 둔탁하게 합류했다. ……이제…… 뚜껑을 덮고 테이핑을 하고 EMS용지 기입만 하면 끝이다. 그래, 정말 끝이다. 짤막한 숨을 들이쉬고 내쉬며 다시 상자를 닫으려는데 얼핏 상자 한쪽, 묶어놓은 편지다발이 눈에 들어왔다. 그의 편지들……. 잠시 몸이 굳는 듯 멍해진다.

……그가 가진 최고의 매력은 뭐니 뭐니 해도 부드러우면서 힘이 넘치는 세련된 필체였다. 그리고 나를 '세상에서 가장 사랑받는 여인' 이라 느끼게끔 해주던 그 절절한 문장력이었다. 어쩌면 나는…… 우표 위로 우체국 도장이 탁탁 찍힌 그의 편지를 받는 게 그와 함께하는 것보다 더 좋았던 건지도 모르겠다.

*

입시학원에서 처음 그를 만났다. 그 당시 성별에 따라 나뉘어져 있던 다른 반들과는 달리 우리 반은 남녀학생이 함께 섞여 있었다. 흔히 말하는 서울대 반. 무엇보다 공부를 최우선으로 하는 학생들의 다부진 각오를 짐작하고도 남는 강사들이 교실을 굳이 둘로 나눌 필요가 없음을 알았기 때문일 것이다.

하지만 우린 그들의 확신을 무시했다.

그가 말했다.

"우리, 같은 과 들어가자."

"같은 과?"

"응. 국문과 어때."

"글쎄…… 음…… 그럼 밥맛없는 영문과는 때려치우고 국문과로 해볼까나……."

"하여간 열심히 해. 너 합격 안 하면 나도 대학 안 갈 테니까."

"피이. 내가 삼수하면 너도 삼수하게?"

"그럼, 당연하지."

말도 안 되는 소리긴 했지만 그는 그 말을 늘 입버릇처럼 달고 다녔다. 내가 공부에 싫증을 내고 학원생활에 염증을 느낄 때면 더더욱.

당연한 일이겠지만 그 약속은 지켜지지 않았다. 그해 겨울, 같은 대학 같은 과를 지망해서 그는 합격했고 나는 미끄러졌다.

언뜻 그에게 미안한 마음이 일었다.

"준하야, ……미안. 나 아니었으면 서울대 갔을 텐데."

그랬다. 모의고사 때마다 서울대 가고도 남을 성적이 나왔던 그가 한 단계 레벨을 낮춘 건 늘 예상 커트라인 선상에 간동간동했던 내 성적 때문이었다.

그는 싱거운 위로로 나를 다독였다.

"아냐. 내가 다른 대학 지망했으면 니가 합격했을지도 모르는데."

"후훗. 꼴찌로 말이지?"

결국 그는 연세대 국문과에 입학하였고 나는 또다시 입시학원에 몸을 실었다.

그는 학원 끝나는 시간에 맞춰 매일같이 나를 데리러왔다. 늦은 야식을 사주고 간단히 드라이브도 하고 집 앞에선 어김없이 촉이 굵은 만년필에 청색 잉크로 쓰인 편지 한두 장을 내 손에 꼬깃꼬깃 쥐어주곤 했다(그는 아주 짤막하거나 딱히 급한 내용이 아니면 문자나 메일을 거의 이용하지 않았다. 그것이, 그 종이 위의 한 자 한 자가, 나에 대한 진정이며 성의라고 그는 표현했었다. 하지만 나는, 그러한 그의 고풍스러운 취향에 제대로 어울릴 법한 답장을 보낸 적이 별로 없다. 엉성한 글씨에 어눌한 표현력, 그리고 어설픈 문장력이 복병이었다).

내 생일. 마침 일요일. 벚꽃이 하늘하늘 휘날리는 아주 예쁜 날이었다. 여기저기 실컷 드라이브를 하며 가슴에 바람을 가득 채우고, 실내조명을 오로지 사방에 놓인 촛불만으로 해결한 어두컴컴한 레스토랑에서 함께 저녁을 먹었다. 식사가 끝나고 커피가 앞에 놓이자 그는 반듯하게 접힌 종이 한 장을 꺼내들더니 밤새 지은 것이라며 한 편의 시를 읽어주었다(어쩐지 어려워서 한 번 듣는 것만으로는 잘 이해되지 않았지만 나에 대한 사랑이 주제라는 것만은 확실했다). 태연스레 시를 낭독하는 그를 앞에 두고 나는 촌스럽게도 감동보다 민망함이 컸다. 우리를 힐끔거리는 옆자리 손님들이나 종업원에게도 신경이 쓰였다. ……드디어 기나긴 낭독을 끝낸 그는, 그 시가 적힌 종이를 내게 건넸고 나는 그것을 책갈피에 얌전히 끼워 넣었다.

우리는 레스토랑을 벗어나 한강변으로 갔다. 차에서 내려 잠깐 시원한 공기를 만끽하다 말고 나는 쫑긋쫑긋 물었다.

"선물은?"

그는 그제야 씨익 웃으며 주머니에서 꼼지락대던 손을 꺼냈다. 엄지와 집게손가락 사이에 조그만 링이 반짝였다. 나는 손을 내밀었고 그는 별 하나가 앙증맞게 달랑거리는 그것을 내 손가락에 끼워주었다. 그리고 말했다.

"사랑해."

……사랑. 편지에 수없이 씌어 있던 단어였지만 귀로 듣긴 처음이었다. 그 생소하고 어색한 느낌에 나는 반지가 끼워진 손가락만 이리저리 돌려보고 있었다.

그가 다시 말했다.

"사랑해, 아주 많이."

나는 또 딴전을 부렸다. 다소 헐렁한 느낌이 드는 반지를 왼손 약지에서 오른손 약지로 옮겨 끼면서.

집 앞. 그는 차 트렁크에 숨겨두었던 꽃다발을 꺼내서 내게 한 아름 안겨주었다. 내가 좋아하는 노오란 후레지아였다. 나는 그 꽃다발 속으로 코를 묻었다. 강렬한 봄 향기에 순간 정신이 아득했다.

그런데…… 뭔가 이상했다. 그의 말이, 꽃다발이, 반지조차 어떤 의미인지 제대로 와 닿지 않았다. 믿음은 바라는 것들에 대한 확신이라 했던가. 나는 그에게서 어떤 확신도 얻어낼 수 없었다. 내 귓속 달팽이관을 자극한 사랑이라는 단어가 그의 목소리 위에서 공회전을 했고 이미 부도수표가 되어버린 지나간 그의 말이 자꾸 뇌리를 맴돌았다.

……그렇다. ……그는…… 그 말, 혼자서는 어느 대학도 가지 않을 거라던, 입버릇처럼 되풀이했던 그 말에 대해 몇 달째 단 한마디도 거론치 않았다. 물론 충분히 이해할 수는 있었다. 남자에게 일 년이 얼마나 큰 것인지, 가족들의 기대를 한숨으로 바꾸는 게 얼마나 용기를 요하는 일인지 모르는 바도 아니었다. 약속을 지키지 않았다고 투정부릴 수 있는

사안도 아니었다. 무엇보다, 정말 그 말대로 해주길 원한 것도 아니었다. 만약 진짜 그러겠노라 우겼다면 어떻게든 등 떠밀었을 나였다. 그래, 그건 너무나 당연한 일이었다. 하지만…… 왠지 끈적하고 묘한 서운함이 가슴 한구석 떨쳐지지 않는 것 또한 사실이었다. 책임질 수 없었던 말에 대한 단 한마디의 변명이나 핑계가 두고두고 못내 아쉬웠으며 그 때문인지 말도 안 되는, 염치없고 치사한 배신감이 한 번씩 고개를 치켜들기도 했다.

언제부터인가 그에게 다른 입버릇이 생겼다. '너 또 낙마하면 나 그냥 군대 가버릴 거야' 라는…….

기나긴 삼수를 끝내고 나도 대학생이 되었다. 그와 같은 학교, 같은 과로. 그런데 어찌된 게 학교생활이 전혀 즐겁지 않았다. 아니, 오히려 스트레스로 가득했다. 지당한 일이지만 나는 다른 학생들보다 두 살이나 더 많았다. 나를 언니나 누나로 불러대는 동생들, 그들보다 2년이나 더 끙끙대다 캠퍼스를 밟았다는 유치한 열등감에 시달렸다.

결국 한 학기도 못 채우고 휴학계를 냈다.

나는 동경으로 왔다. 일본문학을 공부해보겠다는 핑계로

(그는 딱히 어떤 이유도 없이 군 입대를 서둘렀고 내가 이곳으로 오기 이틀 전 훈련소에 입소했다).

대학에 원서를 낼 수 있는 기본자격, 일본어능력1급시험과 징하기 짝이 없는 수학,영어,물리,세계사, 4과목의 통일시험을 치르고 대학본고사까지(예전에 제2외국어로 일본어를 선택했었던 게 그나마 큰 도움이 되긴 했지만, 우리말고전도 힘에 부쳤던 내게 일본어고전은 한마디로 쥐약이었다)……. 해가 바뀌는 것조차 제대로 느끼지 못했을 만큼 그야말로 정신없이 휘둘렸다.

어쨌거나 나는 동경에 온 지 8개월 만에 원했던 게이오대학 일문과에 무사히 합격했고 기분 좋게 등록금을 납부했다. 그리고 학교 근처 부동산에 가서 적당한 원룸을 찾고 이사날짜를 잡았다. 이사만 끝나면 서울에 잠시 나가 있을 작정이었다.

어제, 얼마 안 되는 이삿짐을 대충 정리하고 있는데 휴대폰이 울렸다. 모르는, 한국발신 번호……. 준하겠지. ……받을까 말까 하다가 받았다.

그의 목소리, 포상휴가를 나왔다고 했다.

“왜 그리 연락하기 힘들어, 메일 답도 없고……. 사람 속타게.”

그가 이메일을 다 이용하다니, 그의 마음이 여지없이 느껴져 갑자기 슬퍼졌다.

"미안……."

"……그나저나…… 학교……는?"

"응. 붙었어."

"합격? 우와, 잘됐다! 축하해! 하하하핫. 난 또, 연락이 안 되기에 혹시 실패했나 걱정했었는데……. 암튼 빨리 나와, 빨리! 보고 싶어 죽겠구만."

"……."

"여기, 날이면 날마다 있는 휴가도 아니란 말야."

"……그게……."

"왜. 거긴 4월이 봄 학기라며. 아직 넉넉하잖아."

"응. 그렇긴 한데…… 할 일이…… 좀…… 있어서……."

"할 일? 무슨 할 일?"

"……그게, 그러니까 이래저래……."

"에이, 뭐야……. 이럴 줄 알았으면 해외여행 허가라도 받아서 나올 걸……. 쩝."

"……."

"저기, ……혹시 좋은 사람이라도 생겼어? 그런 거야?"

농담인지 진담인지 알 수 없는 그의 말투……. 하긴. 그런 말이 나올 법도 했다. 공부한답시고 수시로 날아드는 그의 두둑한 편지에 답장조차 제대로 안 했고 면회 한번 간 적 없으니. 메일 몇 번 보낸 게 그에 대한 내 소통의 전부였다.

나는 입을 다물었다. 이사니 뭐니 길게 변명하기도 싫었다. 떨어져 지낸 시공간을 핑계 삼기도 싫었다. 아니, 어쩌면…… 상황에 어울릴 만한 단어들을 조합하고 나열할 최소한의 성의가 없었던 건지도 모르겠다. 2년 전의 그처럼…….

*

눈을 감았다. 그의 이런저런 표정들, 몸짓, 목소리까지 내 뇌리를 어지럽게 맴돈다.

— 그를 잊은 것도 아니다. 사랑이 식은 것도 아니다. 하지만…….

다시 눈을 떴다. 그리고…… 그간 내 지친 시간을 달래주곤 했던 그 편지들을 애써 외면하며 상자를 덮었다. 그리고 테이핑을 했다.

EMS용지를 앞에 두고 펜을 쥐었다.

— 가만. 이걸 이런 식으로 돌려보내도 되는 걸까. 더군다나 군복무 중인데……. 이 상자를 열어보며 얼마나 황당해하고 얼마나 배신감을 느낄까. 훈련이 더 힘들게 느껴지진 않을까.

이건…… 최악이다. 분명 내가 처분하고 내 선에서 감당해야 할, 그래야만 할 것들이다. 하지만…… 도저히 내 손으로는 버릴 수도 태울 수도 없을 것 같다. 아마도 토마토주스의 잔여물 같은 미련 때문일 것이다.

……나는 철저히 이기적이기로 했다. 힘든 일은 그에게 맡기기로……. 그리고 마음속에 얄팍한 명분을 만들었다. 이 정도는 돼야 그가 단번에 마음을 접을 수 있을 것이라는, 그 편이 그를 위해서도 좋을 것이라는…….

용지에 주소를 적어 상자에 반듯하게 붙이고는 나도 모르게 그것을 살며시 쓰다듬었다. 언뜻 흘러간 영화, 〈사랑한다, 하지 않는다〉의 느릿하고 잔잔한 장면들이 떠올랐다.

너무나 담담히 사랑을 떠넘기고 우체국을 나섰다. 눈이 부시다. 두 손으로 얼굴을 감싸고 하늘을 향했다. 그리고 손가락 틈새, 실눈을 뜨고 높이 솟은 열정을 한참이나 바라보았다.

목걸이와 나비핀

아침 일찍 전화가 울렸다. 친의 번호.

"여보세요."

"어떻게 된 거야, 계속……."

지난주에 우체국 다녀와서는 괜한 몸살기에 계속 이불만 뒤집어쓰고 있었다. 약도 듣지 않았다. 온몸에 한기가 들어 뜨거운 이마에 얼음주머니를 올릴 엄두도 나지 않았고 발발이 울리는 휴대폰에 손을 뻗을 기력조차 없었다.

"……그럴 일이 좀 있었어."

"얼마나 걱정했게. 집에도 몇 번 갔었는데 번번이 없고."

지난 며칠, 한 번씩 현관 벨이 딩동거렸던 게 가물가물 기억난다.

"미안……."

"암튼 다행이다, 별일 없어서. 그나저나 다들 너 못 봐서 아쉬워하던데.”

아참, 그러고 보니 어제가 어학당 졸업식이었다.

“……그러게. 또 만나기 힘들 텐데.”

“요코야마 선생님도 많이 궁금해 하셨어.”

“으응…….”

그다지 매끄럽지 못한 일본어가 오갔다.

홍콩에서 온 친. 어학당에서 같은 클래스였다. 일본 전통 미술을 공부하고 싶다더니 그 어렵다는 무사시노 미술대학에 합격했다. ……입시준비에 찌들어 있던 내게 한 번씩 신선한 웃음을 제공했던 동갑내기. 한번은 수업시간에 깜박 졸다가 내 이마를 강타하는 무엇인가에 화들짝 놀라 깬 적이 있는데, 끔뻑거리는 내 시야에 발밑으로 또르르 구르는 뭔가가 들어왔다. 주워보니 ‘친콴찌엔’이라 쓰인 지우개. 둥글게 둘러앉은 학생들 사이에서 그 이름의 서글서글한 얼굴을 찾아내자 그는 장난기 가득한 표정으로 다섯 손가락을 쫙 펴서 내게 손을 흔들었다. 다음날 쉬는 시간에는 멍한 표정의 나를 배경 삼아 브이사인을 하고 찍은 사진을 들이밀었고 또 그 다음날 점심시간에는 매점에서 파는 샌드위치를 먹고 있는 내 곁으로 살그머니 다가와서는 내가 먹던 샌드위치를 날름 뺏어 입에 물고, 어디서 사왔는지 따끈한 도시락과 뜨거운 녹차를 내밀었다. 그 이후로 전차역에서도 참 여러 번 마주쳤는데 가끔은 전차 안에서 내 앞자리에 떡 버티고 앉아 있다가 눈이 마주치면 도날드 웃음을 짓곤 했다. 암튼 그러그러한 장난들과 연속된 우연으로 그와 나는 어느새 아주 친해져 있었다. 부동산에 가서 이사할 집까지 같이 찾으러 다닐 만큼.

"우리, 어디 놀러 안 갈래."

그러자고 했다. 어떻게든 바람을 쐴 필요는 있었다.

"앗싸, 그럼 지금 바로 갈게."

통화가 끝난 휴대폰 액정에 '부재중전화 83건, 수신문자 26건' 이라 떠 있다(그렇게나 발발이 울렸을 벨소리를 제대로 못 들은 걸 보니 요 며칠 내가 아프긴 많이 아팠나 보다). 희뜩 준하의 얼굴이 스쳤다. 안 봐도 빤한 내역이며 문자, 펼쳐보지도 않고 '삭제' 버튼만 꾸욱 길게 눌렀다. 그리고…… 군 입대 전에 이미 없어진, 준하의 예전 폰번호를 굳이 끄집어내서는 목록에서 지웠다. ……후우……. 긴 한숨과 함께 휴대폰을 내려놓았다. ……참. 나는 휴대폰을 재차 집어 들고 끙끙대며 다시 몇 단계의 어려운 수순을 밟았다. ……이제…… 저장된 번호 이외는 전부 수신거부로 돌려질 것이다. ……꽤나 비겁한 손가락이다.

"어? 이건 어디서 났어?"

친이 노란 스포츠카를 타고 나타났다.

"어디서 나긴. 어서 오르기나 해. 전차로 가려면 몇 번씩 갈아타야 한단 말이야."

나는 스포츠카 특유의 푹 꺼진 시트에 몸을 실었다. 그리고 물었다.

"어디 가게."

"디즈니랜드! ……어, 근데, 얼굴이 왜 그래, 어디 아파?"

"……아니. 잠을 좀 설쳤더니……."

"뭐야, 얼굴이 쏙 빠졌구만. ……그럼…… 다음으로 미룰까. 오늘은 드라이브나 좀 하고……."

"아냐, 괜찮아. 그냥 가자."

쓰린 속에 감자튀김과 밀크셰이크를 꾸역꾸역 밀어 넣으며 디즈니랜드로 왔다. 남들은 삼박사일 여행에도 들르는 곳이건만 나는 처음이다. 지난 8개월, 여기뿐 아니라 입시에 관계된 장소 외에는 거의 간 적이 없다. 대학본고사가 2월에 있었던지라 크리스마스나 연말연시를 즐길 여유도 없었다.

이런저런 놀이기구를 타며 열심히 놀았다. 문득문득, 아니, 끊임없이 준하의 얼굴이 아른거리긴 했지만 간간이 머리를 흔들며 놀이에 집중하려 애를 썼다.

우주선을 타고 나오다가 친이 살짝 노래진 얼굴로 말했다.

"저기, 좀 쉬었다 가자."

"왜, 벌써 다운이야? 무슨 남자가 이리 약해빠졌대."

"그게, 고소공포증이 좀 있어서."

그는 큼직한 체구에 어울리지 않게 벤치에 쓰러지듯 주저앉았다.

"그럼 진작 말하지. 잠깐만 기다려."

나는 달려가 콜라를 사왔다.

"자, 여기. 마셔봐."

이미 컨디션을 되찾은 듯한 그가 헤헤거렸다.

"너, 뛰는 폼이 너무 웃겨. 꼭 조랑말 같아."

나도 모르게 입술이 부풀었다.

"뭐, 조랑말? 그거 무슨 뜻이야."

"그냥, 귀여워, 귀엽다구."

그는 일본어 어휘력에 한계를 느낄 때면 곧잘 영어를 사용했고, 대충 듣기는 해도 말이 잘 안 나오는 영어실력의 나는 줄기차게 일본어와 바디랭귀지만 애용했다.

"치잇. 자꾸 놀리면 같이 안 논다!"

"히히히."

그는 가볍게 내 어깨를 토닥이더니 특유의 서글서글한 눈빛으로 말했다.

"근데…… 갑자기 앞이 가물가물하네."

"응?"

"동공이 확대됐나 봐."

"무슨 소리야. 어떻게, 또 어지러워?"

"에이, 그것도 몰라? 좋은 사람 볼 때면 동공 커지는 거."

"칫. 난 또."

딱히 떠오르는 말이 없어 다소 터프하게 물었다.

"흠흠, 내가 좋아?"

"응!"

"왜."

"글쎄. 예쁜 편은 아니지만 묘하게 사람을 끄는 마력이 있다고나 할까."

"뭐, 이쁜 편이 아니라구?"

"상처받지 마, 그게 어때서. 예쁜 것보다 개성 있는 게 얼마나 멋진 건데."

하긴. 내가 생각해도 그다지 예쁘지는 않다. 솔직한 그의 웃음이 적당히 마음에 들었다.

넓디넓은 디즈니랜드를 활보하느라 점심이 늦어졌다. 만화 캐릭터들이 쫄래쫄래 서빙을 하는 레스토랑에 들어와서 의자에 등을 붙이고 앉았다.

그는 미트볼스파게티, 나는 단호박스파게티.

그가 물어왔다.

"근데, 왜 고기는 통 안 먹는 건데."

"뭘 또 새삼스럽게."

"케익이며 아이스크림이며 즐기는 걸 보면 살찔까봐 안 먹는 건 아닌 것 같고……. 그러니까 내 말은, 안 먹게 된 어떤 계기라도 있었냐구."

"……그게 말이야, 사실은…… 몇 해 전 한국에서 구제역이 심하게 퍼진 적이 있었걸랑."

"구제역?"

"왜, 발가락이 두 개인 동물들한테 퍼지는 전염병 같은 거."

"아, 그거."

고개를 끄덕이며 미트볼을 냠냠 집어먹고 있는 그에게 다시 얘기했다.

"근데 그때…… 전 국가적으로 살처분, 매몰처리를 했어. 어찌 그 방법이 사람들한테 그렇게 당연하게 받아들여졌는지 난 아직도 이해가 안 돼. 비용이 좀 들고 번거롭더라도 나라 차원에서 달리 대책을 세웠어야 하는 거 아닌가 말이야. 안락사라도 시켜주면 좀 좋아……. 어떻게 얼굴 맞대고 키우던 생명을 산 채로 구덩이에 빠뜨리고, 영문도 모른 채 바동대고 쌕쌕이는 녀석들의 그 커다란 눈망울 위로 흙을 뿌릴 수 있냐구.”

“…….”

“암튼 그때 화면에 언뜻 비친 그 녀석들 눈빛만 떠올리면 아직도…….”

그는 입에 든 미트볼을 대충 꿀떡 삼키면서 말했다.

“그럼, 닭고기나 물고기는 안 불쌍해?”

“그건 말이지, 물고기는 통증을 느끼는 신경이 없다니까……. 참, 앞으론 닭고기나 오리고기도 끊을 거야.”

“또 왜. 그럼 그 좋아하는 뻬킹덕도 포기하게? 까딱하다간 영양실조 걸리겠다.”

“사실…… 얼마 전까진…… 닭은 도살할 때 한 곳에 몰아넣고 가스로 처분하는 줄만 알았거든, 고통 없게 순간적으로. 근데 그게 아니었어. 엄청나게 잔인한 방법을 쓰더라구. KFC의 닭 도살 장면을 동영상으로 봤는데, 빙글빙글 돌아가는 기계에 한 마리씩 거꾸로 매달고는…….”

어느새 포크를 내려둔 채 냉커피만 쪽쪽 빨아 마시고 있는 그를 두고 나는 남은 스파게티를 싹싹 야무지게 긁어 먹었다. 그리고 다시 말했다.

“고기 아니라도 맛있는 음식 많아. 동물성 단백질, 필수 아미노산을 굳이 섭취해야 한다면 달걀이나 유제품만 먹어도 충분할 테고……. 참, 혹시 고기 먹고 싶으면 나 모르게 알아서 잘 챙겨먹고 다녀. 안 말릴 테니까."

"쩝."

완전히 입맛을 상실한 듯한 그는 잔에 꽂힌 빨대를 톡톡 털어 빼버리고 두어 모금 남은 냉커피를 홀짝 들이켜더니 얼음까지 오도독 오도독 씹고 있다.

레스토랑을 나와 다시 힘차게 걷는 그를 따라 몇몇 곳을 더 다니다 드디어 두 손을 들었다. 벌써 일곱 시가 넘었다.

"그만 가자. 이러다 쓰러지겠어."

"음. 그럼 나머지는 다음으로 미룰까? 그래, 그러자."

그는 파김치가 된 내 팔을 끌며 다시 걷기 시작했다. …… 그런데……? 출구 쪽이 아니다.

"어? 또 어디 가게."

"암만 그래도 퍼레이드는 보고 가야 할 거 아냐. 빨리 좋은 자리 잡아야지."

그러고 보니 군데군데 퍼레이드 통로를 알리는, 일반인 출입금지 줄이 쳐져 있고 그 주변에 사람들이 벌써 드문드문 자리를 잡고 앉아 있다.

우리도 적당한 곳에 자리를 잡았다, 손에 들고 있던 안내서와 지도를 바닥에 깔고. 해가 지니 꽤나 춥다. 친과 나는 쌍으로 오들오들 떨며 한참을 기다리고 또 기다렸다.

드디어 야간 퍼레이드가 시작되었다. 정말 대단하다. 옆에 누가 있는지도 잊어버릴 만한 황홀경이었다. 마치 환각상태에 빠진 듯 화려하게 반짝이는 동화 속 주인공들의 모습에 또다른 세상을 경험했다.

그런데…… 길고 긴 꿈같은 행렬이 꼬리를 보이며 아쉽게 끝나갈 무렵 언뜻 옆자리를 보니 다른 사람이 앉아 있다. 친이 안 보인다. 어디 갔지? 이리저리 둘러보는데 내 등 뒤로 그의 목소리가 울렸다.

"나 여기 있어."

"……?"

고개를 돌리려는데 그가 내 머리를 툭 친다.

"잠깐. 가만 좀 있어봐."

……목걸이였다.

나는 목에 걸린 체인을 집으며 물었다.

"이게 뭐야?"

그는 겸연쩍은 듯 억지 하품까지 해대며 대답했다.

"목걸이가 목걸이지 뭐."

"저기, 이런 건 다음에 예쁜 여자친구 생기면 주도록 해."

"내참. 그대는 여자친구 아니고 남자친구인가 어디. 흐흐. 그냥 합격선물이니까 고민하지 말고 받아둬."

"난 선물 준비 안 했는데."

"그럼 이담에 생일 되면 몰아서 해줘. 참고로 내 생일은 9월 23일!"

피곤한 몸을 끌고 집으로 돌아왔다. 문을 열자 침대 위에서 휴대폰이 요란하게 울리고 있다. 엄마다.

"며칠째 전화도 안 받고 도대체 뭐하니?"

아, 맞다. 요 며칠 발발이 울리던 전화벨 속에 엄마도 끼여 있었을 가능성을 미처 생각지 못했다.

"미안. ……그게, 어, 엇그제 휴대폰을 친구 집에 깜박 두고 오는 바람에."

"걱정했잖아, 요것아. 그러면 그렇다고 엄마한테 미리 연락했어야지."

"그러네, 미안 미안."

"……그나저나 이사는."

"응. 내일 오전 열 시."

"친구들 좀 불러서 같이 해, 혼자 용쓰지 말고……. 끝내고 한판 푸짐하게 쏘면 되잖니."

"걱정 마시래두."

"근데, 언제 나올래?"

"……글쎄."

"왜. 이사 끝내고 온다더니."

"……그냥…… 이래저래 할 일이 좀 생겨서."

"그래? 그럼 엄마가 나갈까? 입학식도 볼 겸."

"입학식은 무슨. 이 나이에 쪽팔리게."

"얘도 참. 네 나이가 어때서."

"그나저나 아빤, 다리는 좀 괜찮으세요?"

"참, 그러고 보니 네 아빠가 문제네. 아직 깁스도 못 풀었는데……. 안 되겠다, 웬만한 건 다 미루고 잠깐이라도 나와. 아빠도 너 많이 보고 싶어 하는데."

"5월에 긴 연휴 있어. 그때 나갈게요."

"하여간 고집하고는……. 대체 뭔 대단한 일이 있기에 그리 매정스럽게 구냐. ……그래, 알았다. 그러면…… 다음 주 토요일쯤 엄마가 나갈 테니 그리 알아."

나는 굳이 서울행 시기를 늦췄다. 왠지 그래야 할 것 같았다. 어쩌면…… 준하가 상자를 뜯어보고 배신감으로 힘들어할 지금 이 시기에 같은 하늘을 이고 있기는 싫었던 건지도 모르겠다.

옷을 훌훌 벗어던지고 욕실에 들어섰다. 일단 칫솔에 치약을 묻히고 거울 앞에 섰는데 쇄골 사이에 반짝이는 뭔가가 보인다. 목걸이. 아깐 제대로 볼 틈이 없었는데……. 거울에 얼굴을 바짝 붙이고 자세히 들여다봤다. 흠, 안목은 좀 있나 보다. 상당히 깔끔하고 예쁘다. 요리조리 각도를 바꿔가며 잠시 깔롱거리다 일단은 풀었다. 비눗물에 뿌옇게 변할지도 모른다는 생각에. ……어, 그런데…… 스와로브스키쯤으로 생각했던 목걸이 고리에 티파니 로고가 찍혀 있다. 그렇다면…… 이건…… 유리도 크리스털도 아닌 진짜 다이아라는 얘긴데, 이렇게 알이 크면 이게 도대체……. 친의 아버지가 홍콩 최고의 호텔 회장이라는 얘기가 있던데 그게 헛소문이 아니었던 걸까. 밀려드는 부담감에 손바닥 위의 목걸이가 갑자기 돌덩이처럼 무겁게 느껴진다.

밤늦게 친의 전화.

"피곤하지? 오늘 꽤 많이 걸었는데."

"그러게. 한 달 치 한꺼번에 걸은 것 같네."

"크크크. ……근데 뭐 해? 계속 부스럭거리고."

"아, 지금 박스 꾸리고 있어."

"박스라니. 포장이사 아니었어?"

"그게, 이 집 저 집 다니면서 쓰고 또 쓰는 플라스틱박스가 찜찜해서 지난번에 종이박스를 따로 주문했었거든. 그리고 괜히 그 사람들 때 묻은 손 빌리는 것보다야 내가 싸는 게 훨 낫구."

"암튼 성격하곤."

"솔직히, 어느 집에서 나올지 모르는 바퀴벌레의 알이나 쥐똥 같은 것들이 묻어 들어올 수도 있잖아."

"그건 그러네. 근데, 내가 도와줄 일은 없어?"

"짐도 별로 없는데 뭐. 거의 다 됐어."

"내일, 열 시 맞지? 시간 맞춰서 갈게."

"괜찮아, 안 와도."

"안 돼. 분명히 남자 인부들일 텐데, 어째 여자애가 겁도 없냐."

늦잠을 자고 일어나 샤워도 못하고 허둥지둥 세수를 하고 있는데 벨이 울렸다. 친이었다.

"잠깐만 기다려!"

얼굴에 남아 있던 거품을 마저 씻어내고 수건으로 닦으며 헤어밴드에 머리집게까지 꽂은 채 문을 열었다. 그가 웃어 댄다.

"하핫. 우와, 민낯! 어디, 어디 보자. 얼마나 이쁜지……."

"뭐야, 왜 이래. 내 민낯, 어디 한두 번 봤어?"

"하긴. 그러고 보니 아직 화장한 얼굴을 본 적이 없네. 게을러서 그런가?"

시계를 보니 열 시 이십오 분 전. ……그런데, 에고, 아직 잠옷 차림이었다. 갈아입을 옷을 들고 서둘러 욕실에 들어가면서 그를 살짝 흘겼다.

"흥, 괜히 일찍 와서는."

그도 내 흉내를 내며 꽤나 새침한 척 말했다.

"흥, 일부러 빨리 왔구만."

욕실 문을 닫으려는데 웬 뽀스락 소리가 들렸다. 얼핏 내다보니 그가 테이블 위에 웬디즈 봉지를 놓고 버거 두 개랑 감자튀김을 꺼내고 있었다. 방금 눈 흘긴 게 쬐끔 미안해진다.

옷을 갈아입고 스킨로션을 미끈미끈 바르며 욕실에서 나왔다. 테이블 위에 놓인 커피의 플라스틱 뚜껑을 열어 그 향을 방 안 가득 채우면서 그가 손짓한다.

"어서 와. 버거 다 식겠다."

둘이서 말 한마디 없이 새우버거를 후다닥 해치우고 나니 열 시 십 분 전. 서둘러 마지막 박스를 만들었다. 이불, 베개랑 침대시트에 매트리스커버, 잠옷, 그리고 비닐봉지에 대충 싼 욕실용품과 스킨로션까지. 꾹꾹 눌러 넣고 테이핑을 했다. 열 시 오 분 전. 우린 잠시 느긋하게 커피를 마셨다.

딩동.

정확히 열 시. 이삿짐센터에서 남자 두 명이 왔다. 미리 싸 둔 박스들이랑 가구들을 새 집에 옮겨주고 그들은 편하게 떠났다.

어제 디즈니랜드에서 끌고 온 피곤에, 밤늦게까지 짐 싸느라 용을 좀 썼더니 등도 아프고 허리도 뻐근하다. 몸을 이리저리 뒤틀었다.

"왜, 근육통? 몸살?"

별 걱정 않는 듯한 친의 똘똘한 표정에 나는 뻐근한 허리를 잔뜩 뒤로 젖히며 엄살을 떨었다.

"애고고……. 아무래도 어제 너무 무리했나 봐. 허리가 다 휘는 것 같네."

"칫. 그러게 내가 도와준댔잖아. 포장이사로 견적 내놓고 혼자 박스 쌀 때부터 내 알아봤어."

"시끄러. 하필 이사 전날에 디즈니로 꼬드긴 게 누군데."

"헤헷. 그건 그러네. 그나저나 더 아프기 전에 나머지 짐정리는 그냥 나한테 맡기시는 게 어때."

이미 이사는 끝났다. 혼자 사는 집에 남자를 들이는 건 그다지 바람직한 일이 아니다.

"됐어. 내 룸은 '금남의 방' 이란 거 몰라? 자, 그런 의미에서 이제 나가자!"

간단한 가구 몇 개와 전자제품들만 대충 자리를 잡고 박스들이 여기저기 놓여 있는 방을 뒤로하고, 그를 끌고 밖으로 나왔다.

그가 중얼댄다.

"와, 진짜 너무하네. 같이 알아보고 같이 발품 팔아 구한 집이구만. ……암튼 외계인이 따로 없다니까. 요즘 세상에……."

"우리 아빠가 그랬어, 아빠 빼곤 남자들은 전부 다 늑대라고."

"저기, 여보세요. 대체 연세가 어찌 되시나."

"헤헤."

"웃긴. 게다가, 결혼해서 남편 생기면, 아들 생기면, 그래도 다 늑대야?"

"에이, 말장난 그만해."

"칫."

"……그나저나…… 뭐 하고 놀지……. 우리, 영화라도 볼까?"

"응? 영화라, 영화 죠오치!"

영화라는 말에 히죽 도날드 웃음을 보이던 그가, 계단을 내려가는 내 뒤를 느릿느릿 따르며 다시 한마디 덧붙인다.

"대체 저 커다란 박스들은 또 어떻게 다 풀려고 그래, 지금도 여기저기 아프다면서."

"걱정 마. 우선 필요한 것만 꺼내 쓰고 조금씩 정리하면 되니까."

"쩝. 아무튼."

신쥬쿠로 나왔다. 그가 시계를 보며 말한다.

"벌써 열두 시가 넘었네. 뭐 좀 먹을까."

"벌써? 새우버거 먹은 지 얼마나 됐다고."

"어째 버거는 먹어도 먹은 것 같지가 않단 말야. 아무래도 영화 보다가 꼬르륵, 할 것 같은걸."

개운한 매실우동을 먹었다. 그리고 영화티켓을 구입해서 커피숍으로 들어왔다. 상영시간까지 아직 삼십 분도 더 남았다. 그는 달달한 카라멜마끼아또를, 나는 쌉쌀한 아메리카노를. ……느긋하게 흐르는 시간을 즐겼다.

그런데, 언뜻 내 턱 밑으로 향하는 그의 시선이 레이더에 잡힌다. 깜박하고 있었던 게 떠올랐다.

"……참, ……이거."

나는 가방에서 어제의 목걸이를 꺼내 그에게 내밀었다. 그의 한쪽 눈썹이 올라간다.

"왜. 맘에 안 들어?"

"아니. 그치만…… 합격선물 치곤 너무 과하잖아. 부담스럽단 말야."

"……부담이라……."

그는 딱히 할 말을 찾지 못하는 듯했다. 괜스레 앞머리를 쓸어 올리며 잠시 시간을 벌더니 이내 눈을 맞추며 또박또박 말한다.

"정 그러면, 그냥 우리 우정의 징표로 생각해."

"징표?"

"혹시라도 절교할 일 있으면 그때 돌려주든가."

"피이. 이거 돌려주기 싫어서라도 절교는 못하겠네."

"하하핫."

"저기, 그럼 잠깐만!"

나는 화장실로 와서 다시 목걸이를 걸었다. 역시 예쁘다. 나도 모르게 입 꼬리가 말린다. 속물근성, 나도 여자긴 여자인가 보다. ……잠깐, 그렇담 다행인가, 그가 돌려받지 않아줘서.

빨대가 두 개 꽂힌 커다란 콜라 하나를 치켜들고 우리는 영화관에 들어왔다. 다들 얘기한다, 영화관은 공개된 밀실이라고. ……영화가 시작되고…… 드디어…… 공개된 밀실에서 친의 늑대다운 본성이 드러났다. 내 쪽으로 기울어 있던 내 빨대로 쪽쪽 콜라를 빨고 어떤 게 누구의 것인지 헷갈리게 섞어놓더니 깜짝 놀라는 장면에서는 날 위하는 척 내 손을 잡고 더 무서운 장면에서는 아예 팔걸이까지 뒤로 젖히고 내 어깨에 팔을 두른다. 공포영화의 선택에 이어지는, 지극히 평범하고 기본적인 남자들의 작업정석. 어쩔까 어쩔까,

하다가 평소의 나답지 않게 영화에 빠진 척 너그럽게 놔뒀다. 우정의 징표까지 받은 친구로서 손이나 어깨 정도야 별문제 아닐 수도 있다는 방정식에, 어쩌면 그와 커플이 될지도 모른다는 막연한 느낌이 마블링처럼 뒤섞인다.

그나저나…… 준하와는 왜 영화를 보지 않았을까. 한참을 생각해도 영화관에 함께 들어간 기억이 없다. 늘 책 한 권은 꼭 끼고 다니던 그 순수문학에 대한 열정이 영화의 오락성과는 거리가 있었던 걸까. 우린 만나면 커피를 마시며 빤히 눈을 맞추거나 그의 무궁무진한 이야기를 듣거나 공원이나 강변이나 바닷가를 거닐었다. 이상한 일이지만 그래도 만나서 헤어질 때까지 지루한 줄 몰랐던 것 같다.

내가 잠깐 딴생각을 하는 사이, 친은 아예 내 의자까지 침범할 기세로 꼭 붙어 앉아 오른쪽, 왼쪽 다리를 번갈아 꼬며 영화가 다 끝나도록 줄기차게 산만히 꾸물거렸다.

나의 새로운 집, 원룸으로 돌아왔다. 내 손을 기다리고 있는 저 박스들……. 뭐부터 어떻게 해야 할지 실로 대략난감. 잠깐 멍하니 앉아 있는데 또 준하가 떠오른다. ……안 되겠다, 머리를 흔들며 일어섰다. 그리고 일단 아침에 마지막으로 쌌던, '침구2' 라고 쓰인 박스를 뜯었다. 건성건성 침대커버를 꺼내서 매트리스에 씌우고 시트를 꺼내서 깔다가 아참,

문득 정신이 들었다. 다시 시트를 걷고 커버를 벗겨냈다. 그 다음, 또 하나의 '침구' 박스를 찾아 뜯었다. 빨아둔 커버와 시트를 꺼내 장착하고 이불보와 베갯잇을 꺼내 이불과 베개에 새로 씌웠다. 그러고는 침대 밑에 내려앉은 그 허물들을 입던 잠옷과 함께 세탁기에 던져 넣고 깨끗한 잠옷과 커다란 돌고래 쿠션을 꺼내 이불 위에 올렸다. 또 비닐봉지에 대충 싸여 있던 욕실용품과 스킨로션은 욕실 선반으로……. 드디어 한꺼번에 두 박스 완료. 이번엔 '주방용품' 이라 쓰인 박스. 포장용 비닐로 둘둘 말아놓은 커피포트와 컵이며 머그잔 그리고 커피, 녹차 등을 차례로 꺼내서 각기 있어야 할 곳에 놓았다. 반짝이는 싱크대와 반질거리는 선반에 기분이 좋아진다. 역시 새로 지은 집이 최고다. 별반 청소도 필요 없고 묵은 때나 벌레도 없고……. 쬐끔 비싼 게 흠이긴 하지만 그 쬐끔의 차이가 참으로 많은 역할을 해내는 것 같다. 자, 다음엔 어떤 박스로 할까나……. 어, 근데 저건 뭐지. 박스들 뒤에 이미 접혀 있는 박스가 몇 개 보인다. 내가 싼 박스는 아닌데……. 가만 보아하니 조명등의 포장박스들……. 나는 반사적으로 천정을 올려다봤다. 비행접시처럼 생긴 예쁜 등이 노오란 빛을 발하고 있다. 이건, 분명 친. 낮에 이삿짐 들일 때 가구며 전자제품들의 위치를 인부들에게 일러주느라, 그리고 아래층 집주인이 올라오는 바람에 인사 나누느라 이래저래 분주했는데 그새 작업을 했나 보다. 욕실이야 처음부터 등이 달려 있었지만 방이랑 입구 그리고 싱크대 위에는 등이 없었다. 어느새 등을 사두고 또 어느새 등을 나르고 달아놓은 건지……. 그러고 보니 부동산에서 계약하고 나올 때 '우선 등부터 사야겠네. 그건 내가 준비할게' 라는 말을 흘렸던 것도 같다. 방을 보러 왔을 때 환한 대낮이었던 터라, 아무 생각 없이 잊고 있었는데……. 그가 아니었다면 지금쯤 나는 욕실 문이나 활짝 열어놓고 그 어눌한 빛에 의지하며 청승을 떨고 있었을 것이다. 그리고 내일 등을 사와서 서툰 솜씨로 천정에 매다느라 진땀을 흘려야 했을 것이다. ……고맙기도 하고 미안하기도 하고.

그에게 전화를 했다.

"집에 도착했어?"

"응. 지금 엘리베이터 안. 차가 좀 막혀서."

"저기, 등 말이야, 이거……."

"흠, 감동 받았지, 그래서 고맙단 말 하려는 거지?"

"후후훗. 그래, 맞아."

"그거, 그래 봬도 무지 신중을 기해서 산 거야. 내 미적 감각과 세련된 안목을 발휘해서."

"훗. 어련하겠어. 대 무사시노 미술대학에 합격하셨는데……."

"헤헤헤헤……."

전화를 끊자마자 이번엔 엄마.

"이사는, 잘 끝냈어?"

"물론이죠."

"그래, 수고했다. 피곤할 텐데 어서 자."

빈 박스 몇 개를 현관으로 내어놓고 옷이며 책이 든 무거운 박스들은 구석으로 밀어놓고 어지러운 테이블 위를 정리했다. ……근데 이건 또 뭐야, 인부들이 두고 갔나? 별 생각 없이 계란 반쪽을 엎어놓은 듯 볼록 튀어나온 것을 건드렸더니 갑자기 방이 확 어두워진다. 풋! 웃음이 나왔다. 이렇게 작은 원룸에 리모컨이 딸린 등을 사다니, 정말 친답다. 다시 버튼을 눌러본다. 누를 때마다 큰 빛, 작은 빛, 완전 작은 빛, 빨간 빛, 점멸……. 후훗. 다시 한 번 웃음이 났다.

적당히 노곤해진 나는 간단히 샤워를 하고 침대에 누웠다. 헤어드라이어를 꺼내두지 못한 탓에 타월드라이만 하고 누웠더니 눅눅하고 영 기분이 별로다. 다시 일어났다. 그리고 또 박스를 건드리기 시작했다. 결국 '기타용품' 이라고 쓰인 박스를 뜯어 일단 헤어드라이어부터 꺼내놓고 어지러운 박스 정리를 시작했다. 필요한 드라이어만 꺼냈더라면 그냥 머리나 말리고 편히 잠들 수 있었을지도 모른다. 그치만 이놈의 성격이 그걸 용납지 못한다. 일단 시작한 건 끝을 봐야 직성이 풀리니……. 뻑적지근한 어깨를 오른쪽, 왼쪽 번갈아 주물러가며 잡동사니들을 정리하기 시작했다. 케이스가 엎어져 머리핀이며 고무줄, 빗 등이 무더기로 뒤섞인 정신없는 박스. 근데…… 그나저나…… 이건…… 박스 구석에 와인색 머리핀 하나가 다부지게 자리 잡고 있다. ……조심스레 그 핀을 꺼내들었다. 포니테일하기에 딱 좋은, 큼지막한 나비 모양의 핀……. 준하의 크리스마스 선물이었다. 이걸로 머리 올리면 그날부로 내가 완전한 자기 여자라는 뜻이라고, 알 수 없는 말을 웅얼대며 싱글거리던 그 얼굴이 지금 내 손에 앉아 있는 나비의 영롱한 양 날개에 오버랩 된다. 핀을 만지작거리며 한참이나 멍하니 앉아 있었다. ……그러고 보니 지금쯤 준하가 상자를 받았을 텐데……. 갑자기 각성제라도 먹은 듯 머리가 지나치게 맑아진다. 피곤도 나른함도 어느새 날아가 버렸다.

거울 앞에 한 여자를 세웠다. 그리고 나비핀으로 여자의 머리를 묶었다. 앞 얼굴밖에 비치지 않는 여자의 목과 허리를 조금씩 비틀어본다. 어깨 시원찮다. 이번엔 박스 안에 뒹굴던 조그만 손거울을 꺼내 여자의 뒤태를 살폈다. 여자의 긴 머리를 옭아매고 있는 나비. 갑자기 와인빛깔 나비의 날개가 파르르 떨린다. 아니, 여자의 손이 떨리고 있음인가…….

얼핏 현기증이 돈다. 나는 거울을 내려놓고 다시 머리를 풀어헤치며 침대로 올랐다. 그리고 잠시 눈을 감았다.

……그래. 그 선생, 그 인간만 아니었으면…….

여기, 동경에 왔던 첫 달, 백지 상태였던 내게 대학별 입시 과목을 상세히 설명해주고 각 연도별 입시문제지도 몇몇 대학을 직접 돌며 복사해서 가져다주고 또 어느 용하다는 신사에서 구해온 합격기원서까지 쥐어준 친절하기 짝이 없는 담임강사가 있었다. 그가 하루는 꽤 늦게까지 교실에 남아 있던 내게 저녁이나 함께 하자 했었고 나는 식사 한턱내는 것으로라도 조금이나마 고마움을 전하고자 했다.

……그런데…… 집 앞까지 바래다 준 그에게 얌전하게 인사하고 차 문을 열려는 순간, 그가 날 낚아채듯 끌어당겼다. 그리고 그의 입술로 내 입술을 덮었다. 잠깐 방심했던 찰나, 두 팔의 사용가치조차 잊어버릴 만큼 경직되었던 나는 이내 죽을힘을 다해 저항을 시도했다. 내 입술 사이를 비집고 들어오려는 그의 혀를 모든 입술근육을 동원해 막아내고 내 어깨와 목을 힘주어 끌어안은 그의 팔을 벗어나려 온몸을 비틀며 용을 썼다. 생각 같아서는 꿈틀거리는 그 혀를 한번 꽉 깨물어주고도 싶었지만 그러려면 일단 내 입술을 열고 그의 혀를 받아들여야 할 터, ……겨우…… 뺨만 한 대 야무지게 갈

기고 차에서 내려섰다(초능력이란 있었다. 한때 유도 국가대표였다던 그의 굵은 팔 힘을 이겨냈으니). 그의 표정 따윈 모르겠다. 기억나는 거라곤 세차게 문을 닫을 때 언뜻 눈에 들어온, 내가 앉았던 자리로 구겨져 떨어져 있던 그의 도수 높은 안경뿐.

그날 밤, 나는 입술에 수십 번의 비누칠을 했고 밤을 새워 울었다. 울고 또 울었다. 보통 여자들이 그러하듯 첫키스에 대한 판타지가 내게도 있었다. 평생에 단 한 번뿐인 그것을 나는 생각지도 못했던 위인에게 뺏겨버린 것이다. 아마도 그때의 내 기분은 강간당한 여자들의 그것과 별 다르지 않았을 것 같다. 그리고…… 무엇보다 준하에게 미안했다. 군 입대니 유학이니 하는, 꽤 긴 이별 앞에서조차 나는 본의 아니게 그의 입술을 피했었다. 피해선 안 되는 건데, 그냥 나도 모르게 움찔해서 그리 된 건데, 그가 맥없이 그대로 포기하는 바람에……. 민망함과 서운함이 섞였던 준하 얼굴이, 좁은 방 한구석에 웅크리고 앉아 훌쩍거리던 내 멍한 머릿속에 들숨 날숨으로 맴돌았다.

며칠을 방에 틀어박혀 있다가…… 어학당을 옮겼다. 걸어서 십 분 남짓이면 갈 수 있는 곳을 두고 전차 여섯 구간이나 되는 곳으로.

그 망할 강사는 내게 문자를 보내왔다. 아주 길고 긴 문자를. 나는 제대로 읽어보지도 않고 바로 지웠다. 그리고 답문을 날렸다. 앞으로 혹시 날 보더라도 모른 척 지나가달라고, 그동안의 친절은 두고두고 감사히 생각하겠다고.

……그때부터였을까, 나도 모르게 준하를 멀리하게 된 것이. 어쩐지 그를 배신해버린 듯한 자책감에 편지를 쓰는 것도 마치 거짓말을 늘어놓는 듯 힘들었고 사랑을 얘기하는 그의 글을 마주할 때면 여지없이 주눅이 들었다. 면회는 더더욱 갈 용기가 없었다. 공부를 하고 합격을 해야 한다는 비겁한 명분 뒤로 몸을 숨겼다. 그리고 결국…… 언제부터인가 그의 끈을 놓았다. 앙증맞은 별이 달랑거리던 반지도 어느새 내 손에서 빠져나가고 없었다. ……어쩌면…… 사랑이 부족했던 탓인지도 모른다. 정말 사랑했다면 그 정도 사건쯤은 숨길 수 있었어야 하지 않을까. 태연한 표정을 지을 수 있었어야 하지 않을까. 최소한 노력은 해봤어야 하지 않을까. ……슬픈 일이지만, 인정하기 싫은 일이었지만, 내겐 열정이라는 단어가 부족했다. ……열정, 불꽃처럼 타오르는 그런 열정……熱情……passion…….

감았던 눈을 뜨고 천정을 올려다본다. 눈이 시리다. 내 손에 힘없이 쥐여 있던 나비로 천정의 빛을 가려보았다. ……어쩌면 다행인지도 모르겠다. 언제고 생각날 때 꺼내 볼 어떤 것이 하나쯤 있어도 나쁘진 않을 테니까. ……아니, 아니다. 그런 이성적인 말은 핑계에 불과하다. 그저 지금 이 순간, 이 나비를 손에서 놓기에는 내 미련이 너무 어줍고 끈끈한 때문이리니.

불을 껐다. 풀다 만 박스 따위, 아직 채 마르지 않은 머리카락 따위, 신경도 안 쓰인다. 그냥 이리 뒤척 저리 뒤척 이불을 끌어안고 침대를 헛돌며 시작도 끝도 없는 상념에 사로잡혀 밤을 지새웠다.

새 방에 필요한 것들, 커튼이며 수납장 등을 사들이면서 꼬박 사흘간 방 정리에 시간을 쏟았다. 그리고…… 그간 가보지 못했던 곳을 여기저기 돌아다녔다. 물론 친과 함께. 그런데 가만 보아하니 그는 이미 거의 다 다녀본 것 같다.

“나 땜에 지겨운 관광코스 다시 도는 거 아냐?”

“별 말씀을 다 하시네. 원래 어딜 가든 함께하는 사람이 누구냐에 따라 전혀 다른 느낌이 들잖아. 게다가 예전엔 혼자였어. 쌍쌍이 다니는 커플들 속에서 꽤 심심하더라구. 이렇게 여자친구랑 같이 다니니까 참 좋다!”

‘여자친구’라는 단어가 단순한 여자 친구를 뜻하는지 아니면 사귀는 여자를 뜻하는지 굳이 분명히 할 필요는 없을 것 같았다.

“그래, 나도 남자친구랑 같이 다니니까 재미있고 좋으네.”

완행열차

구청에 주소변경을 해두고 어학당에 들러 선생님들께 인사를 하고 나오는데 엄마로부터 전화가 왔다.

"저기, 호텔예약 좀 해둬라. 27일 체크인, 31일 체크아웃으로."

"호텔은 뭐하게."

"막내이모 내외랑 같이 갈 거거든. 네 이모가 같이 가자고 따라붙잖니. 적당히 좋은 방으로 잡아줘라. ……참, 지네들은 벳부 들른다니까 거기 료칸, 31일부터 2박3일 잡아놓고."

"알았어요, 그럼."

나는 돌아오는 길에 휴대폰 영업소에 들러 폰번호를 바꿨다. 혹시 준하가 전화를 하더라도 수신거부음을 듣게 하는 건 너무 잔인하지 않나 싶어서(상자를 보낸 것만으로도 이미 충분히 잔인함의 도를 넘긴 나였다)…….

공항에 나왔다. 엄마랑 막내이모 내외 마중하러. ……아직 한 시간도 더 남았다. 괜히 서두르느라 머리도 제대로 못 만지고 나왔는데……. 공항 미용실에 들러 간단히 머리를 했다. 화장도 고쳤다. 오랜만에 만나는 이모, 아니, 이모부에게 조금이라도 더 예뻐 보이고 싶었다. 성형외과를 하는 그가 내 얼굴 견적을 내지 않도록……. 고칠 생각은 전혀 없지만 그래도 여기저기 집어내면(막내이모 성격에 충분히 있을 수 있는 일이다) 그다지 기분 좋을 일은 아니니까.

드디어 엄마 일행이 나왔다.

"아이고, 우리 딸내미!"

엄마는 내 목에 두 팔을 두르고 뺨을 비볐다. 까딱하다간 뽀뽀까지 할 기세였다.

"아유, 언니도 참. 이거 무슨 이산가족 상봉도 아니고."

막내이모 특유의 깐족대는 말투에 엄마는 이모부 눈치가 보이는 듯 슬그머니 내 목을 풀었다.

다시 이모가 말했다.

"그나저나 이게 얼마 만이니. 벌써 이삼 년 됐지?"

"그러게요. 고3 때 보고 못 본 것 같으니까……."

옆에서 이모부가 거들었다.

"난 중학교 교복 입은 거 보곤 처음인 것 같은데. 이거야 참, 정말 몰라보겠는걸."

막내이모는 나랑 17살 차이, 이모부는 이모보다 6살 아래였다. 살짝 계산해보니 원조 오렌지족인 이모도 어느새 벌써 마흔, 이모부는 서른넷. 잔주름이 꽤 눈에 띄는 이모와는 달리 이모부는 아직 서른도 안 돼 보였다.

미리 예약해둔 호텔에 짐을 맡기고 이모가 먹고 싶다는 스키야키 집으로 왔다. 동경 특유의 짙은 소스로 달짝지근하게 익힌 고기를 날달걀에 찍어먹는다. 고기를 즐기지 않는 나에겐 상당히 역겨운 냄새다. 전화가 들어온 척 휴대폰을 들고 빠져나와 찬바람을 쐬었다.

……다시 실내로 들어가려는데, 갑자기 문을 열고 나오는 어떤 남자의 가슴팍에 이마를 박았다.

"아얏."

솔직히 그다 아프지는 않았다. 이마에 손을 올리고 '스미마셍'을 중얼대며 고개를 들어보니, 키 185는 능히 넘을 듯한 이모부의 얼굴이 씨익 나를 내려다보고 있다.

"괜찮아요?"

"아, 예."

나는 이마를 긁적이며 웃었다.

"저기…… 어디 컨디션이라도 안 좋아요, 통 못 먹던데."

"아뇨. 많이 먹었어요."

"아닌데. 냄비에는 아예 젓가락도 안 집어넣더니만."

대단한 관찰력이다.

살짝 어색한 공기를 가르며 그가 다시 물어왔다.

"저기, 담배 해요?"

"아뇨."

"그럼 난 한 대 피우고 들어갈 테니……."

"네. 그럼 먼저 들어갈게요. ……그리고, 저…… 말씀 낮추세요. 조카잖아요."

그는 멋쩍은 듯 애매하게 웃었다. 이목구비가 뚜렷하지도 그리 잘생기지도 않은 얼굴(다른 사람 얼굴엔 하루에도 몇 번씩 칼을 대고 살면서 막상 자기 얼굴은 전혀 개발하지 않은)이지만 웃는 인상이 아주 선해 보이는, 꽤 괜찮은 남자다.

다시 호텔 라운지. 엄마는 석류차, 이모는 오렌지주스, 이모부와 나는 커피를 앞에 두고 둘러앉았다. 드디어 이모가 생글생글 말했다. 이미 예상하고 있었던 말,

"여보야. 얘 좀 고쳐주라. 눈 앞트임이랑……."

다행히, 이모의 말이 채 떨어지기도 전에 이모부가 브레이크를 걸었다.

"무슨. 지금 딱 좋구만."

"당신, 귀찮아서 그러는 건 아니지."

"또 무슨 말을 그렇게 몰고 가. 진짜라니깐."

"그러지 말고 살짝만 손봐줘. 티 안 나게."

"글쎄, 아니래두. 완전 내 타입이라고나 할까, 뭐 그런……. 허허헛. ……맞다! 오히려 당신이 급해. 처진 눈꺼풀에 안하지방, 또……."

"뭐, 뭐라고? 이 남자가 정말."

이모부는 기어이 등짝을 얻어맞았다.

엄마가 나섰다.

"자, 고만하고 올라가서 짐들 풀어, 우린 그만 갈 테니까."

이모가 따라붙었다.

"아냐, 언니. 아직 여덟 시밖에 안 됐는데 뭐. 짐은 나중에 풀면 되고, 우리 이쁜 조카 사는 거 구경이나 하자."

— 구경? 안 되는데, 지금 엉망인데.

"아이 참, 이모도. 구경할 게 뭐 있다구요, 그냥 빤한 원룸인데."

이모가 내 귀에 속삭였다.

"내가 지금 이대로 올라가면 네 이모부 몇 대 더 때릴 것 같아서 그래. 여기까지 와서 부부싸움 하긴 좀 그렇잖니."

할 수 없다. 그리 내키진 않지만……. 열심히 내 편이 되어 준 이모부가 더 얻어맞게 두는 것도 의리 없는 짓이니까.

택시에서 내려 반대편 건물을 가리켰다.

"저기예요. 5층 건물, 2층 제일 왼쪽."

……잠시 세 사람을 밖에 세워두고 3분여에 걸쳐 후다닥 방 정리를 했다.

그리고, 드디어…… 책상 겸 식탁으로 쓰는 테이블 하나, TV, 컴퓨터, 책장, 침대, 서랍장, 2단 옷걸이에 세탁기, 건조기, 청소기, 냉장고에 전자레인지가 전부인, 그래도 있을 건 대충 다 있는 조그만 내 원룸이 공개되었다.

엄마는 휘 둘러보더니 침대랑 테이블 사이에 거의 끼이다시피 서서 말했다(공간의 제약상, 그 사이를 지나려면 나도 옆으로 몸을 살짝 틀어야 한다).

"근데 좀 갑갑하지 않겠니."

"훗. 괜찮아. 나, 날씬하잖아. 그리고 학교랑 가까우면서 신축건물, 이 정도면 엄청 잘 얻은 거야."

이모가 물었다.

"얼만데?"

"한 달에 12만 4천 엔."

"웬 월세?"

"여긴 전세 개념이 없어서 다들 월세로 살아요."

"그래? ……그나저나 참 재밌네. 건물도 뭐도 전부 일반적인데 어째 바닥만 다다미래? 다들 이런 거야?"

"그러게요. 좀 특이하죠?"

"어쨌거나 냄새가 향긋하다. 좋네 뭐."

한참을 다다미에 쏠려 킁킁거리던 이모가 이번엔 욕실을 들여다보며 기가 찬 듯 웃었다.

"우와, 이건 해도 너무했다. 욕실 벽이며 바닥이며 욕조가 전부 플라스틱이야. 게다가 변기에 앉으면 문에 코끝이 닿겠어. 옷 올리고 내릴 때도 조심해야겠다, 잘못했다간 여기저기 멍들겠네."

과장법을 남발하며 여기저기 구석구석 살펴보느라 분주한 이모를 좀 앉히고 싶었다. 까딱하면 이불 속에 감춰둔 속옷이랑 침대 밑으로 밀어 넣은 스타킹까지 들키겠다.

"이모, 뭐 좀 드실래요. 커피랑 녹차, 콜라 있는데. 참 치즈케익도 있고."

"됐어. 지금 막 마시고 왔는데 뭐. ……아니, 목이 좀 마르는 것 같기도 하네. 콜라나 한 잔 줘."

간신히 이모를 앉혔다.

베란다에 나갔다 들어오며 이모부가 말한다.

"어쩐지. 길이 눈에 익다 했더니……."

"……?"

"예전에 내 친구가 있었던 동네네요."

"아, 그러세요?"

그는 다시 베란다로 나가 한 건물을 가리키며 말했다.

"저기, 저 목조건물이요."

집구하면서 나도 잠깐 들러본 곳이다. 리노베이션을 했다고는 하나 낡은 구석이 찔끔찔끔 눈에 띄어서 관둔 곳.

"저…… 말씀 낮추시라니깐요."

이모도 거들었다.

"그래, 말꼬리 잘라. 애가 불편해하잖아."

"그게…… 뭐랄까, 갑자기 숙녀로 나타나니까 옛날 그 조카랑 연결이 잘 안 돼서 말이야."

그는 머리를 긁적이며 싱겁게 웃었다.

나랑 이모는 침대에, 엄마는 의자, 그리고 이모부는 바닥에. 오밀조밀 앉아서 잠시 이런저런 옛 얘기들을 하고 있는데 폰이 울렸다. 친이다.

"다들 오셨어?"

"응. 지금 내방에서 수다 중이야."

"어, 일행 중에 남자도 있었지 않나?"

"있어, 이모부. 근데?"

"우와, 그런 법이 어딨어. 남자는 무조건 출입금지라더니."

"딴지 걸지 마. 친지가 무슨 남자야."

"쩝. 그나저나 내일부턴 스케줄이 어떻게 돼?"

"글쎄, 그 얘긴 아직 안 했는데."

"나도 같이 가면 안 될까? 가이드 확실히 해줄게."

"안 돼."

"왜."

"한국 어르신들은 보수적인 부분이 꽤 있단 말야. 식사 한 번 함께 하는 것도 뭣한데, 같이 붙어 다니면 완전히 결혼하겠다는 뜻으로 비칠 거라구."

"히야, 그거 진짜 끝내주누만! 잘됐다, 나 좀 끼워주라, 응?"

"쫌!"

"히히히."

큰 길에서 이모내외를 택시에 태워 보내고 엄마랑 나는 다시 내 원룸으로 향했다.

"근데, 여기 길목이 좀 으슥하지 않니."

"괜찮아. 이렇게 늦게 드나드는 일 없을 테니까."

"그래도."

"걱정 마요. 저녁나절까진 사람들 무지 많이 다니는 길이니까. 또, 앞으로 집 앞까지 데려다줄 남자친구들 많이 만들면 되지 뭐. 헤헤."

집에 들어오자마자 엄마가 말했다.

"참, 네 아빠, 완전 삐졌어. 얼른 전화라도 해봐. 지금 심통이 이만저만 아닐 텐데…….”

나는 아빠에게 전화해서 아이 달래듯 살살 비위를 맞추고 콧소리 나는 애교로 아빠의 웃음까지 획득했다. 일단 깁스 풀고 움직임에 불편이 없어지면 무조건 여기로 오시라고, 그리고 기나긴 5월 연휴에는 만사 제쳐놓고 아빠한테 달려가겠다고.

샤워를 끝내고 나오니 엄마는 벌써 내 침대를 차지하고 곯아떨어져 있다. 나름 피곤했었나 보다.

욕실에서 조용히 머리를 말리고…… 일단 침대 끝에 걸쳐 누워봤다. 역시나 팔 하나, 다리 하나가 허공에 뜬다. 아무래도 안 되겠다. 나는 다시 침대에서 내려와 서랍장을 열었다. 여벌의 이불은 없지만 여벌의 이불보와 시트는 있었다. 일단 시트를 꺼내 깔고, 이불보를 꺼내려다 에이, 그냥 서랍을 닫았다. 아직 3월. 아무래도 이불보만으로는 부족할 것 같다.

나는 결국 얄팍한 침대시트에 한겨울의 롱코트를 덮고 책상 겸 식탁 밑으로 길게 누워 잠을 청했다. 이모 말대로 정말 꽤 괜찮은 다다미 향이 코끝을 간질인다.

쇼핑을 즐기는 두 자매 덕에 사흘째 백화점이란 백화점은 다 쓸고 돌아다니고 있다. 여자인 나조차 지겹고 짜증나는 백화점일주이건만 싫은 내색 하나 않고 끄덕끄덕 잘 따라다니는 이모부가 내심 기특했다.

드디어 내 인내심의 실밥이 터져버렸다.

"엄마, 이모랑 돌고 와. 나 여기 좀 앉아 있을게."

이모부 표정이 무슨 횡재라도 한 듯 한껏 밝아진다. 나는 그를 이끌고 백화점 구석에 있는 커피숍으로 들어왔다.

……왠지 머쓱한 느낌…….

커피 한 모금을 삼키며 그가 묻는다.

"사귀는 사람은?"

나는 잠깐 생각했다. 준하와 친의 얼굴이 차례로 스친다.

"글쎄……. 아직 없어요, 남자친구는 있지만."

그는 고개를 갸웃하며 알 듯 말 듯한 미소를 지었다. 그리고 또 물어왔다.

"근데, 지진 같은 건 안 무서워?"

"한 차례 거하게 지나갔잖아요. 아마 당분간은 괜찮을 거예요."

"그나저나 합격선물을 해야 할 텐데, 뭐가 좋을까."

"아뇨, 아뇨."

"그래도……."

잠시 뭔가 골똘히 생각하는 듯하던 그는, 화장실 좀 다녀오겠다더니 커다란 쇼핑봉투를 들고 나타났다. 가방 하나에

핸드백 하나. ……헤헤거리는 나를 보며 그도 빙긋 따라 웃더니 주머니에서 휴대폰을 꺼내며 말했다.

"저기, 폰번호가 어떻게 돼? 가끔 여기 올 일이 있거든. 한 번씩 밥이라도 같이 먹자구. 연락할 테니까."

폰번호를 찍어줬다. 내친 김에 내가 제일 좋아하는 일본 엔카 한 곡도 꼽사리 끼워줬다.

드디어 파워풀한 두 자매가 나타났다.

엄만 자리에 앉자마자 내 앞에 있던 주스를 꼴딱꼴딱 들이켜며 말했다.

"어휴, 힘들어. 우리도 좀 쉬었다 가자."

"아니, 엄마. 또 둘러볼 게 남았어?"

"네 꺼 말야. 옷도 좀 사고……."

"됐어. 굳이 안 사도 돼."

"얘는. 그래도 입학식인데 입던 옷, 입고 가긴 좀 그렇잖니. 다 찍어두고 왔으니까 가보자구."

결국 나는 엄마의 성화에 못 이겨 옷 몇 벌이랑 구두 몇 켤레를 장만하느라 여성매장을 한 바퀴 빵 돌아서 다시 아까 그 커피숍으로 왔다. 이모 혼자 앉아 있었다. 이모부는 뭐 좀 볼 게 있다고 잠시 자리를 비웠단다. 백화점 내의 미세한 먼지 때문인지 목이 깔깔하다. 나는 엄마, 이모와 함께 또다시 주스를 시켰다. 조금 늦게 나타난 이모부도 또다시 커피를 시켰다. 이번엔 냉커피.

"아무래도 이 커피숍, 오늘 매상에 우리가 한 몫 단단히 한 것 같네요."

내 말에 고개를 끄덕이는 어른들을 끌고 백화점 꼭대기 층으로 올라갔다. 그리고 한쪽 모퉁이, 각기 여권을 꺼내고 쇼핑한 물품계산서를 제출하여 소비세를 돌려받았다. 이모의 끌레드뽀보떼 화장품과 커피숍의 계산서가 면세 대상에서 제외되긴 했지만 그래도 오늘 저녁 식사비는 충분히 건졌다.

저녁을 먹다 이모가 말했다.

"참. 여보야, 우리 벳부 가는 거 하루 미루자. 우리 조카딸 입학식 좀 보게."

"그래, 그러지 뭐. 여기 학교 구경도 좀 할 겸."

나는 결사반대를 외쳤다.

"아니, 아니. 이 나이에 어른들 달고 가면 창피하잖아요. 그리고 엄마도 오신 김에 이모랑 온천이나 같이 가세요."

3월의 마지막 날. 나는 기어이 어른 셋을 온천으로 보냈다. 그리고 정장 투피스와 블라우스를 꺼내 다림질을 하고 이모부가 사준 루이비통가방과 샤넬백을 견주어 보며 입학식 준비를 했다.

……여기서 시작한 새로운 대학생활……. 입학식 날, 흐드러지게 피어 있던 벚꽃, 그 떨어진 꽃잎이 다 사라지기도 전에 벌써 친구들이 생겼다. 무엇보다, 진짜 형제자매가 아닌 한 언니나 누나 등의 단어를 잘 안 쓰는 이곳 호칭문화가 마음에 들었다(나이가 많거나 적거나 무조건 남학생에겐 '쿤', 여학생에겐 '상' 이라는 호칭을 붙여 부르고 학년차가 날 경우에만 상황에 따라 '선배' 라는 말을 사용한다). 또 재수, 삼수, 사수로 들어온 학생이 반 이상을 차지하는지라 괜한 콤플렉스에 시달릴 필요도 없었다.

점심시간. 오늘은 뭘 먹을까 고민하며 친구들과 강의실을 나오는데 계단난간에 기대 서 있던 친이 내게 손을 흔들었다.

"어떻게 된 거야, 학교는 어쩌고."

"교수님 사정으로 휴강! 그리고 다음 시간도 비어서. 헤헤."

"난 오늘 빡빡한데. 오후엔 시간 안 나."

"알았어. 나도 이 기회에 두더지 한번 돼보지 뭐."

"두더지?"

"도강 말이야."

친에게 우리학교는 거의 놀이터였다. 짬만 나면 우리학교로 와서 놀다 갔다. 내 수업을 함께 듣기도 하고 또 내 친구들에게 밥을 사기도 하며 자신이 내 남자친구임을 명백히 해나갔다. 나도 그러한 그의 움직임이 싫지만은 않았다.

"집 앞이야. 빨리 나와봐."

토요일 오전, 친의 호출. ……무슨 일이지. 나는 리포트를 작성하다 말고 밖으로 나갔다.

"웬일이야, 저녁에 보자더니."

"저기, 이리 와봐."

그가 이끄는 대로 잠깐 걸었더니 딱정벌레 같기도 하고 풍뎅이 같기도 한, 벌레 컨셉의 귀여운 차가 나타났다. 빨갛게 반들거린다.

"자, 이거!"

내 손에 쥐어주는 차 키. 생일선물인가 보다. 예쁘긴 무지 예쁘다.

"뭐야, 나 면허도 없는데."

"참. 맞다, 그랬지. ……그치만 뭐, 당장 따면 되잖아. 내가 금방 가르쳐 줄게. 히히히히."

5월. 골든위크. 주말이 두 번 끼여서 열흘을 달아 놀게 되었다. 서울로 나가려다 비행기표 예약을 제 때 안 해둔 바람에 피크인 앞뒤를 잘라먹고 고작 3박4일 일정이 되고 말았다.

아빠엄마한테 한 잔소리 듣고 늘어져 있던 나를 친이 꼬드겼다.

"저기, 우리 홋카이도 안 갈래."

안 그래도 연휴가 아까웠던 나는 그를 따라나섰다.

동경 역.

친이 서 있는 줄이 이상했다.

"잠깐. 근데 뭐야? 홋카이도 간다며?"

"히힛. 낭만의 완행열차여행! 어때, 멋있지 않아?"

"……완행……열차?!"

간이역마다 특산물이 가득 담긴 갖가지 모양의 도시락을 하나씩 사서 나눠먹는 게 나름 재미였다. 나중에는 배가 불러서 뚜껑을 열어 내용물만 확인해보고 다시 닫아두었다가 밤늦게 까먹곤 했다.

사흘째, 드디어 친이 불만을 토로했다.

"그런데 말야. 우리 꼭 이렇게 각방 써야 하나."

"왜. 합방해야 할 이유라도 있어?"

"그게…… 재밌잖아, 외롭지도 않고. ……방에 혼자 들어가면 어째 썰렁하단 말이야.”

“안 돼. 난 결혼하기 전엔 남자랑 같은 방 안 써.”

‘사랑 없인’, ‘열정 없인’ 이라는 말을 에둘러 얘기했다. 그리고 그가 눈치 채지 못하도록 작은 한숨을 삼켰다. ……시간을 불사르지 못하는 내 감정이 못내 아쉽다.

사랑을 팔다

전기시험이 끝남과 동시에 여름방학. 지난밤, 거의 밤샘을 한 탓에 어질어질 학부건물을 나서는데 휴대폰에 친의 문자가 떴다.

— 도토루에 잠깐 앉아 있을래? 곧 갈게.

학교 앞 도토루. 커피 한 잔을 다 비워갈 즈음 친이 들어왔다. 오늘은 웬일로 슈트차림이다. 키가 훌쩍 더 커진 듯한 느낌. 늘 앳돼 보이던 얼굴에도 제법 남자 티가 난다.

"어? 어쩐 일이야, 양복을 다 입고."

"그냥 그럴 일이 좀 있었어. 아버지 심부름하느라."

"으응."

"시험은 잘 치렀어?"

"뭐, 영어 빼고는 대충."

"영어는 왜."

"아, 글쎄, 한 장 빽빽한 영문을 번역하라잖아. 영어시험이라기보다 일본어시험 같더라니깐."

"크크크. 그건 그러네. ……그나저나…… 나, 홍콩에 좀 다녀와야겠는데, 일이 생겨서."

"그래? 나도 주말쯤 서울에 나갈 건데. 근데 언제 가?"

"오늘밤."

"급한 일인가 봐?"

"빨리 끝내고 내가 서울로 들어갈게."

서울에 나왔다. 유학을 결혼조건의 하나로밖에 생각하지 않는 엄마가 잡아둔 맞선스케줄 때문에 계속 바쁜 일정을 보내고 있다. 나에 대한 친의 마음을 충분히 알고, 그런 그를 친구 이상으로 받아들인 지금…… 매일같이 그의 목소리를 듣고 문자들을 받으면서…… 그럼에도 불구하고 거의 매일 선을 보고 있는, 난해하기 짝이 없는 인간성의 내가 문득문득 혐오스럽기도 했다. 혹시라도 내 운명의 남자가 따로 있진 않을까, 내 가슴을 뛰게 할 어떤 사람이 불쑥 나타나진 않을까, 하는 막연한 기대감이 나를 점점 더 가치 없는 여자로 만들어가는 듯하다.

샤워를 하려다 깜짝 놀랐다. 쇄골 사이에서 무심히 반짝이고 있는 알갱이 하나가 눈에 들어왔다. ……이 목걸이를 하고 도대체 몇 번이나 선을 본 걸까. ……거울이 구겨진다.

나는 동경행 비행기를 탔다. 급한 일이라도 생긴 듯, 남은 맞선 일정을 전부 취소하고…….

트렁크를 정리하고 커피 한 잔 하려는데 전화가 왔다. 친이다.

"도착했어?"

"응, 좀 전에."

"근데 말야."

"뭐."

"아버지가 체인호텔 공사프로젝트에 참가하라시네. 적어도 대여섯 달은 걸릴 것 같은데."

"학교는 어쩌구."

"그러게. 다음 학기는 포기해야지 뭐. 어쨌거나 조만간 한 번 나갈 테니까……."

편의점에 왔다. 일단은 민생고 해결을 위해 삼각김밥이랑 우롱차를 바구니에 담았다. 그리고 딸랑 점원 한 명뿐인, 시원하고 한적한 공간에서의 여유를 한껏 음미하며 천천히 진열대 사이를 배회했다. 마침내 복사기와 팩스와 잡지들이 놓인 모퉁이까지 왔다. ……이것저것 잡지들을 한참 훑어보고 있자니 살짝 한기가 든다. 가만 보니 에어컨 바람이 제대로 부딪히는 코너다. 보던 잡지를 접고 카운터로 향하려는데 얼핏 내 동공을 스치는 물건 하나가 있었다. ……콘돔! 세상에서 가장 궁금한 물건 중 하나였다. 물론 어디에 쓰이는 물건인지 모를 나이는 아니다. 대충 어떠어떠한 것일지 짐작가지 않는 바도 아니다. 하지만 실물에 대한 호기심을 떨쳐버릴 수는 없었다. 마침 여자 점원, 나는 카운터에 서 있는 점원의 눈치를 보며 그것을 슬쩍 바구니에 담았다. 그리고 이런저런 과자들로 바구니를 가득 채워 카운터에 내밀었다.

집에 들어왔다. 현관을 들어서면서, 신발을 벗으면서, 나는 그 콘돔갑을 꺼냈다. 그리고 침대에 퍼질러 앉으며 비닐 껍질을 깠다. 갑을 열고 뒤집어 탈탈 털자 언뜻 라면스프처럼 보이는 것들이 우루루 쏟아져 나온다. 나는 그 중 하나를 집어 들고 흥미롭게 뜯어보았다. 뜯자마자 역한 고무냄새가 내 코 점막을 자극한다. 살짝 어떤 향을 섞어놓은 듯도 했지만 짙은 고무냄새를 얼버무리기에는 상당히 역부족이었다. 내용물을 꺼내보았다. 동그랗고 납작한, 옅은 분홍색, 미끈

거리는 것도 같고 찐득이는 것도 같은 묘한 촉감.

— 근데 이걸 어떻게 쓴다는 거지.

요리조리 만지작거렸더니 말려 있던 끝부분이 조금씩 풀어지기 시작했다.

— 아, 스타킹 말아서 벗어놓은 듯한…….

끝까지 풀어봤다. 확실하게 감이 잡힌다.

— 그러니까 이걸 요렇게…….

다시 하나 더 뜯었다. 이번엔 파란색.

— 그래, 그래, 이렇게 말려 있어야 잘 끼워지겠네. 크크크.

한참을 가지고 놀다 보니 제일 끝부분의, 페니스와 밀착되지 않을 듯한, 살짝 볼록한 부분의 의미도 알 것 같았고 그다지 매끄럽지만은 않은, 표면의 좁쌀 같은 돌기들의 그 의미심장함도 이해할 것 같았다. 난 드디어 십여 년을 궁금해했던 그 '콘돔'이라는 물건의 정체를 알아냈다. 그나저나 아직 이렇게 많이 남았는데…… 이걸 어디다 쓰지? 장난기가 발동했다. 바늘로 구멍도 뚫어보고 물도 채워보고 어디까지 늘어나는지 신축성도 체크해보고 입으로 풍선도 불어보고…….

느지막이 일어나 몽롱한 상태로 TV에 눈을 두고 있는데 휴대폰이 울렸다. 처음 보는 번호. ……누구지?

일단 받았다.

"여보세요."

"아, 박삼교희 씨 되시나요?"

젊은 여자의 목소리, 더듬더듬 일본어를 구사한다.

"네. 그런데요."

"저기, 말씀드릴 게 있어서……."

"누구시죠, 무슨……."

"일단 만나 뵙고……. 시간 좀 내주실래요."

전화 속 여자가 얘기한 장소로 나왔다. 일본의 오래된 가옥, 차분히 가라앉은 분위기의, 무지 비쌀 듯한 전통찻집. 얌전한 색상의 기모노를 입은 종업원의 안내를 받고 방에 들어섰다. 조금 일찍 왔나 보다. ……잠시 기다리고 있자니 두 여자가 들어왔다. 50대 후반 정도 되어 보이는 중년부인과 전화 속 여자였다. 나는 일단 일어나서 누구인지도 모르는, 도도한 중년부인에게 살짝 고개를 숙였다. 그리고 그녀들과 함께 자리에 앉았다.

야릇한 분위기……. 드디어 중년부인이 한쪽 눈썹을 꿈틀거리며 카랑카랑한 목소리로 말을 꺼냈다. 그리고 옆에 앉은 여자가 어눌한 통역을 시작한다.

"난 친콴찌엔 엄마예요."

— 맞다. 그래, 어째 낯이 좀 익더라니.

"아, 예. 안녕하세요……."

"거두절미하고 단도직입적으로 말하죠."

"……?"

"우리 애랑 만나지 말아줬음 하는데."

"……네?"

"우리 애, 결혼할 상대 있어요. 그러니까……."

갑자기 멍해졌다.

"……."

그녀는, 아무 말도 못하고 있는 나를 두고 혼자서 뭐라 뭐라 중얼거린다. 옆에 앉은 젊은 여자는 통역을 생략했다. 느낌상, "우리 아들이 어째 이런 여자랑 사귀지, 대체 뭐가 좋아서."라고 말한 게 분명하다. 목 뒤가 찌릿해 온다.

"필요한 거 다 해주죠. 그러니까 우리 아들은 그만 놔줘요."

— 필요한 거? ……돈?

이건…… 영화나 드라마에 한 번씩 등장하는 진부하기 짝이 없는 장면 아닌가. ……그렇다면…… 지금 나는 여주인공. 이런 상황에서 주인공은 절대 타협하지 않는다. 주인공이라면 그래야 한다. 그게 주인공이다.

그녀가 다시 물어왔다.

"얼마면 될까요."

숨이 막혔다. 자존심이 진흙탕에 철퍼덕 내려앉는 느

낌……. 이런 걸 견뎌내려면 상당한 내공이 필요할 것이고 그 내공은 아마도 뜨거운 사랑일 것이다.

참을성 없는 내 입술은 그 숱한 여주인공들과 달리 움직였다.

"그러죠. 그렇게 해드릴게요."

바싹 마른 내 대답에 친의 모친은 언뜻 의외라는 듯 눈을 깜박이더니 이내 실망스런 표정으로 나를 깔아본다. 자신의 아들과 절대 헤어질 수 없다는 애절한 말이나 금전을 무시하는 여주인공다운 성깔을 은근히 기대했던 건지도 모르겠다.

"다행이군요, 말이 잘 통해서."

— 그래. 돈 쓸 준비는 되어 있는 여자다.

어느새 악이 뻗친 나는 되물었다.

"얼마나 생각하고 계신데요."

그녀는 기가 찬 듯 코끝으로 웃더니 투둑투둑 말을 뱉었다.

"1억이면 되겠나요, 엔으로."

나는 얄밉게 빈정거렸다.

"글쎄요. 그 정도 가지고는……."

"……."

설핏 약이 오른 듯한 그녀에게 다시 한 번 또박또박 말했다.

"며느리로 삼고 싶으신 그 여자 분의 가치와 저라는 여자의 가치, 그 차이를 생각해보시는 게 좋지 않을까요."

……잠깐 뜸을 들이던 그녀가 내 예상을 훨씬 웃도는 금액을 입에 올린다.

"흠. 그래요, 10억 엔."

하긴……. 엄청난 집안의 딸이라면 수백, 수천억의 가치가 될 수도 있는 일……. 자존심이라곤 형체도 없이 산산조각 나버린 나는 최대한 비아냥거렸다.

"적어도 수십억은 될 줄 알았는데요. ……10억 엔……, 그 정도 차밖에 안 나는 가치 때문에 아드님의 사랑을 뭉개려하시는 건가요."

그녀도 발끈했다.

"내 아들의 풋내 나는 감정을 사랑이란 단어로 받아들이긴 싫네요. 그리고 그쪽이야말로 돈으로 인연을 뭉개고 있는 것 아닐까."

"……."

딱히 반박할 말을 찾지 못하고 있는 내게, 그녀는 더 이상 할 말도 들을 말도 없다는 듯 잘라 말했다.

"계좌번호 적어봐요. 바로 입금할 테니. ……참. 우리 애한테는 오늘 얘기, 비밀로 해야 하는 것 정도는 알고 있겠죠."

나는 휴대폰에서 동물보호재단의 계좌번호를 찾아 적었다. 그리고 내밀었다. 두 여자 사이에 눈길이 오간다. 한마디 더 필요했다.

"제가 회원으로 있는 동물보호단체예요."

……열정이 없어도…… 사랑은… 사랑… 아니었을까……

친의 모친이 다녀간 후 며칠간 마치 마약금단증상을 앓는 여름날의 폐병환자처럼 콜록거리며 시름시름 앓았다. 휴대폰도 꺼두고 좁은 침대 위만 징하게 뒹굴었다. ……지난 일 년 남짓, 그간의 이런저런 일들이 떠오르고 그가 얼마나 나를 위했던가 새삼 느껴지니 엊그제 내 행동이 후회스러워 견딜 수가 없다. 말 한마디, 행동 하나하나에 묻어 있던 그의 마음이 내겐 왜 그토록 가벼웠던 건가. 그 시간들을, 그 마음을, 그깟 자존심 하나에 팔아버리다니……. 그래서는 안 되는 일이었다. 있을 수 없는 일이었다. ……하지만…… 이제 와서 되돌릴 수 있는 일도 아니다. ……가만, 아빠한테 얘기해볼까. 그치만 엔을 원으로 환산하면…… 금액이 너무 크다. 무지하게 대형 사고를 친 셈이다. 또 이 상황을 이해해줄 수 있는 아빠도 아니다. 당연한 일이지만, 동물보호재단에 환불을 요구할 자격도 없다. 그리고 무엇보다, 만약 돈을 돌려준다 하더라도 그걸 돌려받고 없었던 일로 해줄 여자가 아니다. 약속이 흔들리는 순간, 가차 없이 지난 거래사항을 친에게 밝힐 것이다. 그렇게 되면…… 친이 이 일을 알게 되면……. 베개에 얼굴을 묻었다. 손톱이 아프도록 시트를 쥐어뜯었다. ……차라리 친에게 말해버릴까. 잠깐 성질이 돋아 실수했노라고……. 친이라면 분명 이해해 줄 텐데. ……아니다, 아무리 잠깐이었다 할지라도 내가 그런 자세를 취해버린 걸 알면 그가 얼마나 실망하고 또 얼마나 자괴감을 느낄 것인가……. 일단 사과하고 그의 아량을 얻어낸다 하더라도, 친도 어쩔 수 없는 '사람'이다. 두고두고 기분 안 좋을 때면 떠오르지 않겠는가……. 이건 보통 남녀사이에서 빈발하는 그런 일반적인 배신과는 차원이 다른데…….

무의식적으로 영악한 머리가 돌아간다. 머리 한쪽에서 어느새 현실적인 고민을 하고 있다. ……친에게 어떻게 헤어짐을 얘기해야 하나, ……어떤 말이 좋으려나, ……차라리 이사를 할까, ……폰번호를 바꿀까, ……휴학을 해버릴까, ……서울에 나가 있을까…….

……그가 옆에 없는 내 생활이 상상이 안 된다. 뒤집지 못할 짓을 해놓고는 오히려 피해의식에 사로잡혀 있다. 현실에서 도망치고 싶은 비겁한 생각들로 머리가 아프다. ……언뜻 준하의 얼굴이 떠올랐다. 그래, 난 그런 여자였지. 상대가 받을 상처 따위, 안중에도 없는 그런 여자…….

……열정……. 내가 집착해온 그 열정이란 대체 어떤 걸

까. 눈뜨면 생각나고 생각만 해도 가슴 뛰고 함께 있어도 보고 싶고 헤어질 땐 미칠 듯 아쉽고……. 뭐, 그런 거? ……난 그를 하루 이틀 못 보면 궁금했고 만나면 즐거웠고 헤어질 땐 손을 흔들며 웃었다. ……지금 와 생각해보면 분명 열정에는 못 미치지만 그래도 사랑과 전혀 무관한 감정은 아니었다. 사랑은 사랑이었다. 그리고…… 준하는 내게 확실한 믿음을 주지 못했다는 핑계거리라도 있었지만 친은 그것도 아니다.

설렘이 없었어도 사랑은 사랑이었다
열정이 없었어도 사랑은 사랑이었다
……나는…… 사랑을…… 기만했다……

집 근처 공원으로 나왔다. 그네에 걸터앉아 흔들흔들 한참 동안 여름철의 눅눅한 밤공기를 마셨다. ……언뜻 취객들의 목소리가 들린다. 그러고 보니 시간이 꽤 늦었다. 일어나 터벅터벅 집으로 걸었다.

계단을 올라 방으로 향하는데…… 복도 끝, 내 방 앞에 어떤 남자가 쭈그리고 앉아 있다. 실눈으로 초점을 맞춰보았다.

— 친은 아니고, ……누구지?

한 발 두 발 다가가 보니 막내이모의 남편, 이모부였다. 상당히 취해 있다.

"이모부, 이모부, 일어나보세요."

눈도 제대로 못 뜨고, 일어서기는커녕 옆으로 픽 쓰러지고 만다. 벌써 일주일째 물 몇 모금밖에 못 마신 나는 젖 먹던 힘까지 쥐어짜며 가까스로 커다란 남자를 일으켰다. 그리고 끙끙거리며 방에 들였다.

좁다란 침대에 누워 술 냄새를 폴폴 풍기며 새록새록 곯아떨어진 이모부의 얼굴이 왠지 상당히 애처롭게 보인다.

— 이 시간에 혼자서 여길. 술까지 이렇게 마시고……. 부부싸움이라도 했나. 아니, 그랬다고 여기까지 올 리는 없고……. 혹시 이모가 걱정하고 있진 않을까.

책상 위에 놓여 있던 휴대폰을 집었다. 그런데…… 막상 전원버튼을 누르려니 용기가 없다. 친의 전화와 문자가 이미 수십 통은 들어와 있을 터였다. 한참을 만지작거리다 다시 내려놓았다. 이모의 하룻밤 걱정, 그 정도야 지금의 내게 별 문제가 되지 않는다.

나는 방구석에 새우처럼 오그리고 앉아 또 날밤을 샜다.

"음…… 으음……."

드디어 이모부가 눈을 떴다.

"어? 여긴……."

"맞아요, 제 방이요. 어젯밤에 여기까지 온 건 기억나세요?"

그는 머리를 긁적이며 민망한 듯 딴전을 피웠다.

"저기, ……꿀물 같은 거 없을까?"

"꿀은 없는데. 설탕물이라도 타드려요?"

"응."

그는 내가 건네준 설탕물 한 컵을 단숨에 들이켜고 뻐근할 법도 한 어깨를 연신 돌리고 뒷목을 만졌다. 그리고는 한숨을 커다랗게 내쉰다.

한껏 가라앉은 분위기에 나도 흐름을 탔다. 몸에 힘을 빼고 벽에 기대앉았다. 이모부도 침대에서 내려오더니 침대 모퉁이에 기대앉는다.

얼마나 그러고 있었을까. 그가 먼저 말을 꺼냈다.

"어디 아파? 얼굴이 많이 핼쑥한데."

"아녜요."

"아니긴. 젖살이 다 빠진 것 같구만. 다크써클하며……."

나는 굳이 씩씩하게 말했다.

"다 이모부 덕분이죠 뭐. 어제 방에 들일 때 얼마나 힘들었는지 아세요? 게다가 침대까지 뺏기고, 완전 올빼미처럼 밤샘했다고요."

"아, 그래 그래, 미안 미안."

피식 웃는 그의 얼굴이 상당히 어둡다. 하지만 그런 부분까지 관심 둘 여유가 지금의 내겐 없다.

그는 묻지도 않은 말에 어렵사리 입을 뗐다.

"……사는 게 참 힘드네."

얼핏 무슨 소리냐고 물어보고 싶었지만 그냥 입을 다물었다. 그런 오지랖을 떨 처지도 아니기에.

우린, 그와 나는 다시 침묵 속에 한참을 녹아들어 있었다.

……벌써 한 시가 넘었다. 꼬박 일주일 하는 일 없이 놀고 있는 위가 또 쓰려온다. 그의 배에서도 꼬르륵 소리가 새어 나왔다.

"나가자, 밥 먹으러. 먹어야 살지."

그는 욕실에 들어가더니 뒤집힌 머리에 대충 물만 바르고 고양이 세수를 하고 나왔다. 밤새 수염이 꽤 자랐다. 걸어두었던 마이를 꼬깃꼬깃해진 셔츠 위에 걸쳐 입으며 그가 물어왔다.

"참. 어젠 왜 그리 전화를 꺼뒀어, 하루 종일……."

못 들은 척 머리를 묶으며 욕실을 향했다.

"쫌만 기다리세요."

그가 베란다에서 담배 한 개비 피우는 동안, 나는 간단히 씻고 썬크림만 대충 발랐다. 그리고 함께 집을 나섰다.

……!

온몸이 굳는 듯했다. 친이다. 건너편 주차장에서 이쪽으로 걸어오고 있는 그와 눈이 마주쳤다. 그는 손을 번쩍 들어 흔들며 싱글싱글 걸음을 서둔다. ……미치겠다. 이미 굳어버린 내 몸은 조금도 움직일 생각을 않는다. 이모부에게 조금만 기다리라 해두고 재빨리 문을 닫았어야 했는데, 그래야만 했는데, 나는 그 찰나를 놓쳐버렸다. 내 뒤를 따라 나오는 이모부의 존재에 친이 우뚝 멈춰 섰다. 그리고 그도 뜨거운 햇살 아래, 얼음이 되었다.

……십 초쯤 지났을까. 친과 나의 긴장선이 조금 느슨해질 즈음, 나는 이모부에게 겨우 한마디 내놓았다.

"저기……."

어정쩡하게 내 눈치만 보고 있던 이모부는 말없이 서둘러 계단을 내려갔다. 변명, 아니 상황설명이라도 해주고 싶었던 걸까. 건물을 나선 그는 친을 앞에 두고 설핏 머뭇거리나 싶더니 내 얼굴을 슬쩍 올려다보며 건물 옆으로 나 있는 샛길로 빠져주었다.

나는 계단을 내려갔다. 친도 다시 내게 걸어왔다.

그가 더듬더듬 운을 뗀다.

"저, 그게, 계속 연락이…… 안 돼서 말야."

"……."

집 앞 모퉁이 커피관으로 향했다.

— 이삼 분밖에 안 되는 거리, 이렇게나 길었던가…….

커피관에 들어왔다. 에어컨 바람에 식을 대로 식어 있는 내부공기에 살짝 소름이 돋는다. 입고 있던 망사 카디건을 여미는데, 친이 종업원에게 퉁명스럽기 짝이 없게 클래임을 걸었다. "사람 감기 걸리면 책임질 거냐!"고…….

늘 앉던 자리에 앉아 커피를 주문했다. 늘 웃음을 머금고 있던 얼굴이 꿀단지를 달아놓은 듯 뚱하다. 이제껏 본 적이 없는 표정…….

— 무슨 말을…… 어떻게…… 해야…… 하지…….

이미 귀가 닫혔을 듯한 그에게 궁색한 내 설명이 먹힐 리가 없다. 언뜻 그의 모친이 떠올랐다.

— 그래……. 차라리 잘된 일인지도 모른다. 그가 무슨 생각을 하든 어떤 오해를 하든 그냥 모두 인정해버리자. 어떤 거짓을 뒤집어쓰고 어떻게 그를 떠나보내야 하나, 머리 아파하지 않았던가. 의도한 바는 아니었지만 그래도 그를 내게서 가장 깔끔히 돌려세울 수 있는 상황이 벌어진 셈이니…….

나는 감정도 이성도 놓아버린 최악의 인간성으로 방패를 둘렀다.

커피잔이 놓이자 그가 주저주저 말을 꺼낸다.

"……어떻게 된……."

나는 건조한 목소리로 대답했다.

"봤잖아. 본 대로야."

"……."

어느새 표정을 잃어버린 그가 담배 한 개비를 꺼내 물었다. 창밖으로 고개를 돌린 그의 얼굴이 내 눈에 들어온다. ……맡은 일이 힘에 부치는 걸까. 얼굴이 꽤나 핼쑥해져 있다.

담배를 눌러 끄고 다시 나를 불안하게 바라보던 그는 핵심을 벗어난 말로 화를 토했다.

"대체 얼굴은 왜 또 그 모양이야? 혼자 있어도 꼬박꼬박 잘 챙겨먹으라고 내가 몇 번을 얘기했어. 사람 걱정시키는 게 그리 재밌어? ……그리고, 다른 사람을 만나든 어쩌든 전화 정도는 받아줄 수 있는 일이잖아. 내가 꼭 이렇게 바쁜 시간 쪼개서 날아왔어야 해?"

"……."

잠깐의 침묵이 흐르고…… 다시 담배를 꺼내드는 그에게 말했다.

"후우……. 그러니까…… 우리 그만 헤어지자. ……넌 너대로 혼란스러울 테고 난 나대로 갑갑하고……."

"제발 핑계든 변명이든 좀 해봐. 난 무조건 네 말만 믿을 거니까."

"……."

"왜 그래. 왜 그리 말을 아끼는 건데."

나는 다시 거짓말을 술술 내뱉었다.

"……나, 그 사람 사랑해."

"뭐, 사랑? 나랑 못 만난 지 얼마나 됐다고 벌써 딴 남자랑 사랑? 아니, 혹시 양다리 걸쳤던 거야?"

"……."

"아냐, 아닐 거야. 넌 절대 그럴 수 있는 여자가 못 돼. ……난 절대 못 믿어. 아니, 안 믿어."

"……왜."

"나 이래봬도 여러 여자들 만나봤어, 상당히 많은 여자들. 넌 다른 여자들이랑 달라. 적어도 내가 아는 너는……."

"그건…… 날 잘 모르고 하는 소리야."

"……도대체……."

"미안하단 말은 안 할게. 하고 나면 더 이상 미안해지지 않을 지도 모르니까. 그리고…… 이 목걸이……."

목걸이를 끄르는데, 그가 내 허를 찔렀다.

"거봐. 네 성격에, 그 말들이 사실이라면 그걸 그대로 차고 있을 리가 없잖아."

나는 할 말이 궁했다.

"……이건…… 우정의 뜻이라며."

나는 말을 돌렸고 그는 다시 딴지를 걸었다.

"그래, 그래서, 이젠 친구도 아니라구?"

"그만하자. ……모든 걸…… 다…… 말할 순…… 없잖아."

사람 마음이란 게 참 묘하다. 악역을 맡기로 작정하고 있으면서도 꼭 어느 한 귀퉁이 슬쩍 빈틈을 보인다, 일부러.

"뭐야, 정말 왜 이래. 사람 답답하게."

"……."

"대체 뭐냐구."

"……답답해 할 거 없어. 그냥 내가 진정한 사랑을 찾았을 뿐이니까."

"그럼…… 그동안 나는 뭐였는데."

"……많이…… 좋아했어……."

"……."

"근데…… 사랑은 아니었던 것 같애."

나는 목걸이를 그의 앞으로 밀었다.

"……."

잠시 그와 나를 가르는 침묵이 공기에 녹아들었다.

……이윽고……

눈가가 발그스름해진 그가 말없이 일어났다. 그리고 앞에 놓인 목걸이를 얼음이 가득 찬 아이스커피 잔에 퐁당 떨어뜨린다. 내 표정 따위 쳐다볼 생각도 않는다. 그의 인내심이 바닥을 쳤음이다. ……숨이 막힌다. 그에게 뭔가 할 말이 있는 것도 같은데 그게 무슨 말인지 알 수가 없다. 잡고 싶은데 어떻게 잡아야 할지 모르겠다. ……그는…… 끝내 나와 눈을 마주치지 않았다.

……친은… 나갔고……

나는 넋 빠진 사람처럼 한참을 멍하니 앉아 있었다.

……얼마나… 지났을까……

나는 표면 가득 찬이슬을 머금은 그의 커피잔을 바라보고 있다.

— 이대로… 버려두고… 나갈 순… 없다. ……이것도 영화 속 주인공이 할 짓은 아니지만…….

나는 빨대를 움직여 그가 담가버린 목걸이를 사알 건져냈다. 그리고 물컵에 잠깐 담갔다가 냅킨에 놓아 적당히 물기를 뺀 후 손수건에 쌌다.

— 이걸 목에 걸 일이야 다신 없겠지만……. 그래도…….

준하의 나비핀, 그리고 친의 목걸이.

이제 정말 어른이 되어가는 건가……. 이 정도 아픔쯤은 간직할 수 있을 만큼 무디어져가는 건가…….

휘청거리며 다시 집으로 들어왔다. 침대에 벌렁 드러누워 한참을 천정만 퀭하니 바라보았다. 어지럽다. 눈을 감았다. 이런저런 그의 잔상들이 머리를 스친다. 총이라도 맞은 듯 구멍이라도 난 듯 차가운 공기가 드나드는 가슴에 언젠가 그가 사다준 돌고래 쿠션을 꽉 끌어안고 한참을 석고처럼 누워 있었다.

언뜻 이모부 생각이 났다. 그러고 보니 휴대폰도 여전히 꺼둔 상태. ……어쩔 수 없다. 큰 숨을 들이쉬며 전원버튼을 꾸욱 눌렀다. 아니나 다를까 폰을 켜자마자 문자가 수없이 들어오고 부재중 전화가 백이 넘는다. 그리고 마지막 부분에 꽤 여러 번 찍혀 있는 생소한 전화번호, 이모부 번호인 듯했다. 발신버튼을 눌렀다.

"여보세요."

"미안해요, 늦어져서."

"그래, 어떻게, 얘긴 잘 된 거야?"

"……뭐 그냥……."

"어딘데."

"집이요."

"혼자?"

"네."

"아, 그럼 내가 집 앞으로 갈게. 가까운 곳이긴 한데 어떻게 위치 설명을 못하겠네."

이모부와 함께 사거리 패밀리 레스토랑으로 들어왔다.

"먼저 드시지 그러셨어요."

"배고픈 줄도 모르겠더라. 미안해. 괜히 나 땜에……."

"그래요. 싸웠어요. 그리고 장렬히 헤어졌어요, 덕분에."

"허헛."

그럴 리 없다는 듯 성의 없게 웃으며 메뉴판을 뒤적이는 그에게 순간 화가 솟았다.

"농담 같아요? 아뇨, 정말 덕분에 이별식 한번 거하게 치렀다고요."

메뉴판을 내려다보고 있던 그가 가시 돋은 내 목소리에 고개를 들었다. 설마 했던 눈빛에 점점 걱정과 미안함과 민망함이 섞이는 표정……. 나는 아까부터 참고 있었던 한숨을 내쉬었다.

"……후우……. 하긴…… 어차피 끝날 사이긴 했지만요."

그와 난, 점심특선메뉴를 시켜서 말없이 꾸역꾸역 먹었다. 그리고 시간 가는 줄 모르고, 종업원의 눈치도 무시하고, 리필에 리필을 거듭하며 줄기차게 커피만 마셔댔다.

이모부와 함께 골목 포장마차에 들어와 소주를 놓고 앉았다. 그다지 술을 즐기는 편은 아니지만, 잘 마시지도 못하지만, 오늘 같은 날 안 마시면 언제 마시겠는가. 와사비 간장에

멍게를 찍어먹으며 말없이 홀짝홀짝 주거니 받거니 했다.

흘러나오는 구성진 엔카에 연신 고개를 까딱거리는 내 손에서 소주잔을 뺏어 놓으며 그가 날 일으켰다.

"그만 마셔. 자, 일어나자. 집에 데려다줄게."

"아뇨, 아뇨. 2차, 멋들어지게 하자구요."

호텔로 와서 이모부가 묵을 방을 잡았다. 잠시 올라가 쉬자는 그를 따라 룸으로 들어왔다. 남자이긴 하지만 이모부라는 타이틀을 두르고 있는 그이기에 밀폐된 공간에 함께 있어도 그다지 어색하지는 않다. 이모부라는 호칭이 마치 강시의 부적처럼 작용하는 듯했다.

"이모부, 욕실 좀 빌릴게요."

욕실 거울 위로 술기운에 발갛게 달아 있는 내 얼굴이 비쳤다. 한심하다 할까 가관이라 할까. 볼일 보는 일을 미루고 우선 차가운 물에 전투적으로 얼굴을 씻었다, 뽀독뽀독. ……타월을 세면기 밑 바구니에 던져 넣고 돌아서려는데 갑자기 핑 돌리더니 앞이 캄캄해졌다. 올챙이 같은 것들도 얼핏설핏 꼬물거린다. 벽이라도 붙잡으려 한 발 내딛는데 순간 몸이 기울면서 샤워부스 모서리에 얼굴이 부딪혔다. 뇌를 울리는 듯한 커다란 파장……. 그만 얼굴을 싸매고 주저앉았다. 그리고 얼굴 전면으로 찌릿한 통증을 느끼며 현기증이 가시기만 기다렸다.

어느 정도 정신을 차리고 자리에서 일어나는데…… 세상에, 손이 피범벅이다. 욕실 바닥에도 여러 방울 피가 떨어져 있다. 너무 황당해 앗, 소리도 나오지 않는다. 거울을 보니 얼굴이 피로 얼룩져 있다. 잠깐 멀뚱히 서 있다가 세면기 측면에 붙어 있는 확대경에 얼굴을 들이대고 자세히 살폈다. 이마, 눈썹 위에서 연신 피가 흘러내린다. 1.5센티 정도 찢어진 것 같다. 일단 얼굴에 낭자한 핏물부터 대충 닦아냈다. 그리고 상처에 티슈를 대며 욕실에서 나왔다.

"저기, 이모부. 좀 다쳤는데."

"뭐? 어디, 어떻게."

TV에 눈을 두고 있던 그가 내 이마를 보더니 호들갑을 떨기 시작했다. 급히 호텔 서비스센터에 연락해서 응급처치에 필요한 약과 도구를 준비했다. 요오드액으로 소독하고 살균에탄올로 닦아내더니 찢어진 부위를 살짝 벌렸다 닫았다 하며 찢어진 피부의 제 위치를 찾아 맞춘다. 그리고 반창고를 덕지덕지 붙여 상처부위가 벌어지는 걸 방지했다.

대충 응급처치를 끝낸 그가 말한다.

"일단, 오늘은 이러고 있자. 응급실에서 봉합하면 흉터 남으니까 내일 성형외과로 가자구. 잘 아는 데 있거든. 거기서 내가 꿰매줄게. 한 땀, 한 땀, 장인의 정성으로……."

나도 모르게 웃음이 났다.

"푸훗."

"아, 웃지 마, 피부 당기니까. 그리고 지금 웃음이 나와? 맞빡 터진 여자가."

언뜻 친의 얼굴이 맞빡을 스친다. 더 취하고 싶다.

"참, 2차 가야죠."

"내참. 그 꼴을 하고 또 술을 마셔? 안 그래도 신경 지나가는 자리라 출혈이 심한데."

— 하긴.

참. 그러고 보니 아까 다치는 통에 볼일 보는 걸 깜박했다. 다시 욕실을 시원스레 다녀와서 그가 보고 있는 TV 월드뉴스에 잠시 눈을 두었다.

……뉴스도 끝나고……. 소파 한쪽에 놓아두었던 가방을 주워들었다.

"이모부. 그럼 저 가볼게요. 내일 몇 시쯤……."

"오늘은 그냥 여기서 쉬어. 내일 아침 일찍 병원 가게. 마침 트윈이니까 잘됐잖아. ……아니, 아니다. 넌 그냥 거기 앉아서 자. 그래야 재출혈도 없고 상처도 덜 붓지."

"……."

"자, 여기, 30분 간격으로 10분씩 너댓 번만 반복하고 자자구. 자, 이렇게."

버켓 한가득 얼음을 담아 와서 아이스팩을 만들어 내게 건네준 그는 편안한 침대에서, 아이스팩을 이마에 갖다 대고 있는 나는 불편한 소파에 오그리고 앉아 등받이에 머리를 재껴 걸친 채 잠을 청했다. 이틀째 새우잠이다.

아침 일찍 그가 잘 알고 지낸다는 성형외과를 찾았다. 그는 슬며시 자기자랑도 덧붙였다.

"일전에 나한테 연수받으러 왔던 의사야. 흐흐. 요즘 중국이나 일본 의사들이 꽤 줄줄이 오거든."

병원장의 양해를 구한 그를 따라 수술실로 들어왔다. 나는 수술대에 올랐고, 얼굴 위로 눈을 뜰 수도 없을 만큼 밝은 조명이 내려 쬐었다. ……드디어 내 머리 위로 그가 앉았다. 그는 두 손으로 내 양어깨를 살짝 누르며 긴장을 풀어준다.

"금방 끝나. 마취주사만 살짝 따끔하고 전혀 안 아플 거야."

수술용 장갑을 착착 당겨 끼우더니, 다시 그가 말했다.

"자, 그럼 마취 들어간다. 얍, 따끔!"

"아, 아야야."

"허헛. 엄살하곤."

마침내 그의 바느질이 시작되었다. 근데…… 가만 누워 있자니 2센티도 안 되는 상처를 스무 바늘도 더 꿰매고 꿰매는 것 같다.

잠시 후, 실매듭을 지은 그는 그제야 한숨을 내쉬며 말했다.

"푸우, 손 떨려 죽는 줄 알았네."

"칫. 무슨 프로가 그래요."

"아냐. 우린, 가족이나 애인 얼굴엔 손 잘 안 대. 필요할 땐 믿음직한 친구녀석한테 부탁한다구."

가아제를 덮고 반창고까지 야무지게 몇 겹으로 붙여 마무리하고는 장갑을 탁탁 뒤집어 빼며 그가 말했다.

"그나저나 코뼈 안 내려앉기 천만다행이다, 그치? 암튼 내일 드레싱 한 번 하고 토요일쯤 실밥 빼면 될 거야. 여기 원장한테 말해둘 테니까 후처치 잘 하고."

"후처치요?"

"실밥 빼고 나면 상처 안 벌어지게 테이핑 보름 정도 하고, 파스 요법이랑 연고 마사지 부단히 하고, 상태 봐서 레이저도 몇 번 쐬고, 뭐 그런 거."

"레이저요?"

"색소레이저나 재생레이저 같은 거 말야. ……하긴 그다지 필요치 않을지도 몰라. 내가 워낙 박음질을 잘 해둬서."

병원을 나와, 브런치 먹을 곳이 마땅찮아서 맥도날드에 들어왔다. 그는 더블버거, 나는 새우버거. ……주문을 하고 기다리고 있자니 이삿날, 친이랑 함께 먹었던 웬디즈의 새우버거가 떠올랐다. 짭짭대며 싱글거리던 그의 얼굴이 내 동공을 덮는다. 안 그래도 없던 식욕이 완벽하게 사라진다.

이마에 반창고를 큼직하게 붙인, 나름 환자인 내가 기다리는 테이블로 이모부가 브런치 쟁반을 날랐다. ……두꺼운 더블버거를 요리조리 잘도 베어 먹는 그의 테크닉을 감상하며 나는 콜라만 쪽쪽 빨았다.

연신 입을 오물거리며 그가 말한다.

"왜, 안 먹어?"

나는 새우버거의 포장을 벗겨내고 최대한 입술을 크게 늘려 한입 가득 물었다. 순간, 빵과 양상추와 슬라이스 양파와 새우크로켓과 마요네즈와 피클이 입안에서 엉성한 조화를 이루며 섞였다. 나는 꾸역꾸역 전투적으로 먹어댔다. 그리고 먼저 먹기 시작한 이모부보다도 빨리 뚝딱 해치웠다.

그는 감탄했다.

"우와, 진짜 끝내준다!. 처음 봤어, 이렇게 빨리 먹는 여자. 배 많이 고팠구나."

"……."

"암튼 이쁘다. 내숭 떠느라 끼적거리는 여자들, 정말 밥맛없거든."

"……."

나는 남은 콜라의 뚜껑과 빨대를 제거하고 꼴딱꼴딱 마셔댔다. 목젖까지 빡빡하게 차 있는 새우버거와 친의 잔상들을 밀어내리기 위해. 이모부도 나를 따라 경쟁이라도 하듯 벌컥벌컥 콜라 원샷을 시작했다. 이번엔 그가, 먼저 시작한 나보다 빨랐다. 그리고 그보다 조금 늦게 콜라컵을 내려놓는 내게 싱긋 의기양양한 웃음을 지으며 말했다.

"참, 오늘 저녁은 어떻게 할까. 하시모토랑 만난 김에 약속을 해버렸는데."

"하시모토?"

"아까 그 병원 원장 말이야. 시간 괜찮으면 같이 나가자."

"아뇨. 됐어요. 이렇게 반창고 덕지덕지 붙이고……."

"아, 그런가……."

"그나저나 바느질 연습은 어떻게 하신 거예요. 무슨 천조각도 아니고 사람 피부를 이리 촘촘히……."

"허허헛. ……흐흠, 그러니까 그게 말이지. 최고로 얇게 슬라이스한 쇠고기나 돼지고기나 닭고기, 생선 그리고 찢어진 순대에 터진 김밥까지, 이 결 저 결 돌려가며 꿰매는 연습을 정말 많이 했걸랑. 아마 남들보다 스무 배는 더 많이 했을 거야. 참 힘들고 질리는 연습이긴 했는데 다 그 덕이지 뭐. 흐흐흐."

그의 웃음을 귓등으로 흘리며 무의식적으로 친과 헤어진지 얼마나 됐을까 생각해보았다. 아직 채 하루도 되지 않았건만 마치 몇 년이나 된 듯 길게 느껴진다.

거울 앞에 섰다. 아직 실오라기처럼 남아 있는 이마의 상흔, 친을 밀어냈던 그날 밤 내게 자리 잡은 생채기…….

가위를 들고 다시 거울 앞에 섰다. 그리고 앞머리를 자른다. ……짧게 잘린 앞머리로 이마를 덮었다, 흉터를 가렸다. 그런데…… 이상한 일이다. 가려진 흉터가 이번엔 마음으로 내려앉는 듯 가슴이 더 저리고 아려온다. 잘려나간 머리카락이 여기저기 흩어진 욕실바닥에 주저앉아 훌쩍훌쩍 소리 내어 울기 시작했다. 두 귀로 울려드는 내 울음소리에 친의 그림자가 더더욱 아프게 젖어든다.

등을 켜는 것도 내겐 고문이다. 그의 지문이 곳곳이 찍혀 있을 밝은 등이나 등에 딸린 리모컨을 볼 때면 이삿날, 그의 움직임이 새록새록 살아나고 그가 마치 내 하루하루를 지켜보고 있는 듯한 느낌에 힘이 든다. 하지만 막상 등을 갈아 끼울 생각을 하다 보면 어느새 그 등은 그의 잔영으로 보이고 그것마저 없으면 견딜 수 없을 것 같아 그러지도 못한다. 책은 스탠드 밑에서 읽고, 과자를 먹거나 TV를 보거나 딱히 할 일이 없을 땐 불을 끄고 있는 시간이 많아졌다. ……차 또한 잔인한 물건이다. 주차장에 방치한 지 오래다.

여름도 얼마 남지 않았다. 하는 일 없이 하루하루 시간을 삶아낸다. 시간이 지나면 지날수록 친에 대한 그리움과 애틋함과 죄책감이 짙어진다. 외롭고, 보고 싶고, 그립다. 그리고 아프다. 지난 시간…… 그의 행동 하나하나, 표정 하나하나, 말 한마디한마디가, 전부 비수처럼 다가오고 그래서 그의 얼굴이 더욱더 선명해져만 간다.

그 어느 해보다도 덥고 시린 여름이다.

JR전차를 타고 동경이란 도시를 돌고 또 돌았다.

딸내미를 결혼시키기 위한 엄마의 극성스런 움직임이 또 시작되었다. 이번엔 아예 남자를 동경까지 끌고 왔다.

호텔 로비로 들어가다가, 나는 엄마를 두고 도망쳤다. 기다리고 있던 남자와 중매인 앞에서 엄마의 민망함이 하늘을 찔렀을 것이다.

다신 선 자리 만들어주지 않을 테니 결혼을 하든 말든 알아서 하라는 말을 남기고 엄마는 서울로 돌아갔다.

“저녁 같이 먹을래? 나 지금 긴자에 있는데.”

이모부가 또 동경에 나왔단다. 아무리 일이 있다고는 해도 나오는 횟수가 너무 잦다. 게다가 꼭 주말에 드나드는 스케

죭도 수상하기 짝이 없다.

초밥 하나에 오천 엔씩이나 하는, 긴자의 거품 낀 일식집에서 이모부를 만났다. 꽤나 큼직한 다다미방에서 둘만 마주보고 밥을 먹는데, 오늘따라 상당히 어색하다. 예쁘고 빛깔 좋은 전통 요리들도 그다지 입에 안 맞는다. 대충 식사를 끝내고 디저트를 앞에 두고 앉았다.

독한 일본주를 따끈하게 데워서, 그것도 비린내 나는 복어꼬리까지 띄워서 마셔대던 그가 두서없는 말을 꺼냈다.

"저기, 이사하지 않을래?"

"이사,라뇨?"

"그냥…… 뭐랄까. 내가 요즘 한 달에 쓰는 호텔비가 웬만한 원룸 월세의 두 배는 족히 되거든. 그래서 맨션 하나 구할까 하는데, 너도 좁고 불편하게 지내지 말고 거기로 들어오는 게 어떨까 싶어서 말이야. 12만4천 엔이라 했나, 그 월세도 아끼고 일거양득이잖아."

내참. 농담 말라는 듯 한마디 내려놓았다.

"그럼, 주말마다 동거하자구요?"

"동거? 허헛. 걱정 마. 내가 이래봬도 임포거든. 덮치고 싶어도 못 덮쳐."

……뭐라 할 말이 없다.

"이혼했어."

"……!"

"남자가 있었거든. 하긴 탓할 것도 없어. 임포 주제에……. 크크크."

언뜻 안쓰럽기도 했지만 이젠 이모부가 아니니 더 이상 친척이라 할 수도 없고, 그렇다면 한 공간에서 같은 공기를 마실 이유가 더더욱 없지 않은가. 또 하나, 이모의 아들이 내 사촌동생임과 동시에 그의 아들이기도 하니 아주 완전한 남이라 할 수도 없다. 까딱 잘못했다간 근친애 비슷한, 요상야릇한 막이 형성될 수도 있는 노릇이다. '친척이 아님'과 '친척임'이 상반되는 이유로 그와 나의 선을 그어주는 듯했다.

나는 대답했다.

"실은…… 저, 이모부 만나는 게 많이 부담스러워요. 그리고 힘들어요. 이모부 대할 때마다 자꾸 그 사람 얼굴이 떠올라서……."

열받은 복어처럼 두 뺨을 부풀리며 그가 다시 횡설수설한다.

"그래. 어찌됐건 내가 네 이별에 한몫 한 건 사실이야. ……그러니까…… 대신 내가 더 많이 사랑하면 안 될까……. 우스운 얘기지만 사실 올봄에 여기 왔을 때 어찌된 판인지 너한테 완전히 쏠려버렸거든. 그때 다녀간 후론 계속, 심지어 수술실에서조차 네 얼굴이 아른거려서 꽤나 힘들었어. ……실은 애 엄마가 밖으로 나돈 지도 꽤 됐는데, 그래도 그냥 그러려니 하고 지냈는데, 어느 순간부턴가 그게 안 되더라구."

딱히 떠오르는 말이 없다. 그냥 담담히 마음을 얘기했다.

"죄송해요. 앞으론…… 여기 오시더라도…… 저, 안 찾으시면 해요……."

친에게서 메일이 왔다.

열흘 가까이 고민하다가 아주 짤막한 답장을 보냈다.

연말쯤 결혼할 거라고…….

서울 귀환

시간은 똑딱똑딱 쉼 없이 잘도 흘러갔다.

그저 공부에만 매달렸다. 덕분에 성적은 잘나왔고 장학혜택으로 수업료도 몇 번 면제받았다. 주위를 맴도는 남자들이 없지는 않았지만 마음에 드는 사람은 하나도 없었다. 커피 한 잔 같이 마시다 보면 꼭 단점이 하나둘씩 보였고 그러다 보니 함께 식사까지 갈 대상이 없었다. 웃을 때 파르스름한 잇몸이 드러나거나, 커피잔을 잡을 때 새끼손가락을 꼿꼿이 세우거나, 손톱이 길거나, 목울대가 너무 불거져 나왔거나, 귀가 크거나, 코를 찡긋거리거나, 보조개가 있거나, 목소리가 크거나, 피실피실 웃거나, 얼굴이 너무 반질거리거나, 개그를 남발하거나, 정치경제 얘기를 꺼내거나, 지나치게 밝거나, 눈썹이 진하거나, 속눈썹이 길거나, 목걸이를 걸었거나,

향수 냄새가 짙거나, 명함을 내밀거나, 분위기를 잡거나, 근육질이거나, 손이 작거나, 손마디에 굳은살이 있거나, 손등에 털이 많거나, 손목이 가늘거나, 손가락이 예쁘거나, 턱을 괴거나, 어깨가 솟았거나, 목이 두껍거나, 다리를 쩍 벌리고 앉거나, 등등……. 하긴…… 어쩌면 억지로 흠을 잡고 있는지도 모르는 일이었다. 내게 친의 빈자리와 그에 대한 죄의식은 그만큼 컸다.

드디어 서울로 들어왔다.

아빠는 벌써 은퇴를 했단다. 한국 굴지의 필기구회사를 수십 년 경영해온 분이었다. 수입자유화가 되기 전, 파카나 몽블랑 등의 필기구가 들어오기 전엔 상당히 잘되는 회사였다고 들었다. 이제 적당히 작아진 회사를 삼촌에게 맡기고 긴 휴가에 들어간 셈이다. 왠지 기분이 가라앉았다.

아빠가 눈치를 챘는지 내게 한마디 툭 던진다.

"그래도, 대통령이 국제협약 맺을 땐 꼭 우리 만년필을 쓴다구!"

그렇다. 그건 늘 아빠의 자랑이자 프라이드였다. 나는 파아란 웃음으로 아빠의 기분을 맞췄다.

통역일을 하고 있다, 크고 작은 기업들의 회의나 연회에서. ……통역이나 하려고 유학까지 가서 그렇게 열심히 공부한 게 아니었는데……. 조금 더 버틸 걸 잘못했나. 교수직, 돈으로 사고파는 게 현실이라는 말에 질색을 하고 공부 관뒀더니만……. 혼자 깨끗한 척 고고한 척 하지 말고 그냥 세상 돌아가는 대로 묻혀 사는 게 나을 뻔했나…….

폐쇄병동과 보디가드

거울 앞에 서는 게 무섭다. 너무나 많은 것들이 보인다. 내 우울함이 보이고, 낙담이 보이고, 외로움이 보이고, 슬픔이 보이고, 그늘이 보이고, 과거가 보이고, 상처가 보이고, 미련이 보이고, 세월이 보인다…….

거울에 얼굴을 들이대고 이마의 흉터를 찾고 있다. 그때 이모부가 꿰매긴 잘 꿰맸나 보다. 한참을 들여다보아도 잘 모르겠다. 훗. 웃음이 난다. 상처가 아물고 흉터가 사라져도 다친 기억은 남는다더니……. 거울 저편에서 친이 서글서글하게 웃고 있다. 나는 그에게 바짝 다가가 키스를 했다. 아주 길게…… 입술이…… 차갑다…….

근데, 요즘…… 도대체…… 내가 왜 이러지……. 어떨 땐 하루 종일 영화관에서 이 영화 저 영화 싹쓸이 관람하고, 또 어떨 땐 혼자 노래방에 퍼질러 앉았고, 또 어떨 땐 백화점을 전전하고, 또 어떨 땐 며칠씩 방에만 틀어박혀 있다. ……혹시…… 우울증이라도 온 걸까…….

많은 남자들을 만났다. 다양한 직업들, 폭넓은 연령층……. 양다리, 세 다리, 다섯 다리까지 문어발을 걸친 적도 있다. 밤늦도록 주고받는 문자, 하루 종일 오가는 전화, 그리고 매일같이 번갈아 함께하는 식사……. 그 빡빡한 시간들을 피곤한 줄도 모르고 파워풀하게 소화해냈다. 내가 생각해도 신기할 정도로…….

며칠째 잠도 잘 안 오고 해서 수면제나 좀 처방받을까 하고 신경정신과를 찾았다.

……후우……. 기껏해야 우울증인 줄 알았더니 조울증이란다. 그것도 꽤 심한……. 의사는 입원치료를 권했다. 하지만 나는 고개를 저었다. 우울증이나 조울증에 대한 사회적 인식이 아무리 좋아지고 있다고는 해도, '정신병자? 내가?' 하는 생각이 자꾸만 머릿속을 맴돌아 도무지 받아들이기 힘들었다.

약만 봉지 가득 처방받고 현기증을 안은 채 병원을 나왔다.

결국 난 입원을 했다. 처음엔 독방, 그리고 조금씩 큰 방으로 이동했다.

오늘은 토요일. 언제나처럼 노래방 문이 열렸다(매주 수요일과 토요일에만 개방되는 공간, 나머지 요일에는 굳게 닫혀 있다. 그것도 엄청 큰 자물쇠로. 어쩌면 시간개념 없이 늘어져 있는 우리에게 시간의 흐름을 인식시키려는 의도인지도 모르겠다). 사람들이 우르르 몰려들어 각기 자리를 잡고는 책을 뒤적이며 서로 경쟁이라도 하듯 번호를 눌러댄다. 하긴 2시에서 4시까지, 시간은 한정돼 있고 사람들은 바글바글하니 무리도 아니다. 순식간에 화면 위로 예약곡 번호가 수십 개나 뜬다. 나는 그들의 그 우르르, 하는 바쁜 걸음과 잰 손놀림 등을 구경하며 입구에 잠깐 서 있었다. 그리고 첫 곡이 시작될 무렵 그만 돌아섰다. 막 문을 닫고 나오려는 찰나, 한 아저씨가 내 팔을 거세게 끌어당기며 말했다.

"저기, 처자. 노래 하나 하지 그러슈."

"아뇨. 됐어요."

"에이, 거참. 너무 비싸게 놀아도 안 좋은 법이라우. 한 곡조 뽑아보시라니깐."

그다지 유쾌하지 않다. 노래방 문 앞에서 의도치 않게 원시인 같은 남자와 옥신각신하는 꼴이 되었다. 남자는 끝까지 내 팔을 놓지 않았다. 오히려 아까보다 더 세게 잡아당긴다. 이거, 아무래도 안 되겠다. 난감한 짜증으로 보호사를 막 부르려는데 어떤 제3의 힘이 남자의 손과 내 팔을 분리시켜 준다. 그리고 남자를 노래방으로 확 밀어 넣더니 문까지 덜커덕 닫아준다. 단 4초 만에 상황 종료! 그 힘의 얼굴을 올려다봤다. 나보다 두세 살은 어려보이는, 아주 건장한 청년. 그나저나 처음 보는 얼굴인데……. 참, 우선 인사부터 해야지.

"고마워요. 새로 들어오셨어요?"

그는 씨익 웃으며 말했다.

"지난주 금요일에요."

……? 지난주 금요일이면……. 어째 미안해진다. 일주일 넘게 나는 그의 존재를 인식하지 못한 셈이다. 기껏 마흔 명 남짓 되는 인원에, 아침저녁으로 나란히 줄서서 약 타먹고(약은 간호사에게 타서 보호사 앞에서 삼키고 매번 입을 열어 확인까지 받아야 했다), 저녁 8시에 있는 전화타임에는 공중전화 앞에 옹기종기 둘러앉아 보호사가 나눠주는 백 원짜리 동전 3개로 전화를 하고(통화는 입원해서 일주일간은 불가, 그 다음 일주일은 수요일과 토요일만, 2주 후부터는 매일 가능했다), 또, 하루에 적어도 몇 번은 로비를 지나다니고, 간간이 TV 앞에 진을 치기도 하는데, 그런데 어떻게 아직 얼굴을 못 봤을까……. 경우의 수와 확률에 대해서 잠시 생각하고 있는 내게 그가 말

갛게 웃으며 말한다.

"독방 신세를 좀 졌걸랑요. 어제부터 풀렸어요. 크크."

— 맞다, 독방. 나도 열흘 정도, 그 징그럽기 짝이 없는 독방 신세를 좀 졌었지…….

그는 빙긋, 물어왔다.

"앞으로 제가 '보디가드' 해드릴까요?"

"네……?"

"아, 그, 아까 같은 상황, 언제 또 생길지 모르잖아요."

하긴. 틀린 말은 아니다. 말 그대로, '정신병자 집단' 이다 보니, 위험요소는 항시 존재했다(비록 간호사나 보호사들이 항상 감시하고 있다고는 하나, 사고는 언제나 찰나에 일어난다). 그리고…… 무엇보다 그의 말에 훈훈함이 묻어났다. 그래서 나는 그 기분 좋은 제안에 장난스레 고개를 끄덕였다.

……그는 알코올중독으로 입원했다 한다. 다들 알다시피 술만 끊으면 전혀 문제없는 병증인지라 그다지 걱정할 필요는 없을 것 같았다. 독방에서 금단증상과 사투를 벌였을 지난 일주일을 생각하니 마음이 아려왔다. 직업은 건축설계사. 숫자하고는 거리가 먼 내 입장에서는 상당히 멋있어 보이는 직업이다. 또 나보다 16센티 이상 컸지만 네 살이나 어렸다. 그가 나를 '누나' 라 부름과 동시에 서로 말을 텄다.

"저기, 이름은 뭐야?"

"그냥 보디가드라고 불러."

"……혹시 촌스러운 이름?"

"칫. 어떻게 알았지. 귀신 같이 알아맞히네."

"글쎄, 이름이 뭐냐니까?"

"에이 몰라. 보디가드라고 안 부르면 대답 안 할 테니 그리 알아."

그가 잠시 화장실에 간 사이, 그의 침대가 놓인 방 앞에 슬쩍 다가서서 나란히 쓰인 숫자를 훑었다. 그리고 그의 나이를 찾아서는 그 옆에 적힌 이름을 확인했다. '주봉달', …… 풋. 미안한 웃음이 나왔다. 내참. 그리 마음에 안 들면 개명신청이라도 할 것이지……. 암튼 앞으론 정말 '보디가드'라 불러줘야겠네.

저녁 밥판이 병동 안으로 들어왔다. 밥판 앞에 줄서 있는 건 왠지 그닥 즐겁지 않다. 언제나 그렇듯 나는 방에 앉아서 밥판 앞의 긴 줄이 사라지기를 기다리고 있었다. ……그런데…… 보디가드가 문 앞에 붙어 서서 내게 손짓을 한다. 나가보니 로비에 놓인 소파 위에 밥판 두 개를 떡하니 올려놓고 있었다.

"뭐야, 여기서 먹자구?"

그는 고개를 끄덕이며 날 소파에 끌어 앉히더니 내 허벅지 위에 밥판을 올려놓았다. 그리고는 자기 허벅지에도 밥판을 올리며 내 옆에 딸싹 붙어 앉는다. 간호사나 보호사들 보기에 상당히 민망하긴 했지만 소풍이라도 나간 듯 재미는 있었다(우리가 그랬더니 다음날 아침부턴 너도나도 병실이 아닌 로비로 밥판을 들고 와 우리가 앉는 소파나 양쪽으로 줄줄이 놓인 긴 의자에 밥상을 차렸다. 나의 보디가드 덕분에 병동 분위기가 한층 생기 있어졌다).

일요일, 가족상봉의 날. 2촌 이내라면 가능한 20분짜리 면회와는 달리 낮 12시부터 2시까지 점심을 같이하고 이런저런 이야기도 나누면서 회포를 푸는 시간.

11시 20분. 간호사실의 강화유리 벽을 통해 보이는 병동입구에 사람들이 벌써 오글대고 있다.

11시 30분. 드디어 가족들 한 명 한 명의 소지품 검사가 시작됐다. 조금이라도 위험소지가 있는 것들은 무조건 간호사실에 맡기고 들어와야 했다. 휴대폰조차도 반입불가였다. 하루에 딱 300원만큼의 통화만 허하는 것과 관련 있는 부분일 것이다.

엄마아빠가 또 제일 앞에 서 있다. 오늘도 30분은 더 벌은 셈이다. 11시 33분. 드디어 엄마아빠가 1등으로 병동에 들어왔다. 엄마는 간호사실 앞에서 기다리고 있던 나를 보자마자 얼싸안으며 울먹거렸다. 그리고 아빠는 날씨 얘기를 꺼내면서 분위기 쇄신을 기한다. 언제나처럼……. 그리고는 내 방, 내 침대에 둥지를 틀고 엄마가 주섬주섬 점심 준비를 하는 동안 아빠는 그간의 뉴스 등을 얘기하고 나는 TV에서 이미 보고들은 얘기들이지만 새롭다는 표정으로 열심히 듣는다. 이 또한 언제나처럼…….

보디가드가 내 방에 침입했다(평시에는 남녀가 서로 방을 오갈 수 없지만 상봉일 만큼은 예외다). 성큼성큼 걸어오더니 꾸벅, 하고 조폭인사를 한다.

"엄마, 아빠, 여기 내 보디가드! 오늘도, 나한테 거세게 날아오는 탁구공을 잡아줬어!"

내 보디가드라 설명했더니, 그리고 그의 상쾌한 얼굴을 보고는 엄마아빠의 두 얼굴이 한껏 밝아진다. 그는 그렇게 내 침대에 걸터앉아 싱글대며 김밥도 집어먹고 튀김도 집어먹고 과일도 몇 조각 집어먹으며 엄마아빠의 환심과 믿음을 얻어냈다. 엄마아빤 한시름 놓인다는 듯한 표정이다. 말은 없었지만 이곳에 잠재된 위험요소를 은근히 걱정하고 있었던 것 같다.

간호사가 보디가드를 찾는다. 그의 가족들이 들어왔나 보다. 그는 엄마아빠에게 아주 살갑게 배꼽인사를 하고 방을 나갔다.

엄마가 묻는다.

"잰 어디가 안 좋아서 온 거야?"

"알콜홀릭."

"착해 보이네. 귀염성도 있고."

……금세 시간이 동났다. 보호사들의 재촉에 여러 가족들이 하나둘씩 간호사실 앞으로 모이기 시작했다. 그리고 간호사실의 문이 열리자 맡겼던 소지품 등을 순서대로 되찾아 반대편 문으로 사라져간다. 엄마는 오늘도 밍기적거리며 늑장을 부렸다. 그런 엄마를 보면서 아빠가 한마디 한다.

"간호사나 보호사들한테 밉보이면 안 돼. 우리 딸내미한테 영향 끼치면 어쩌려구 그래."

엄마는 아빠의 말이 바닥에 채 닿기도 전에 벌떡 일어서더니 빠른 손놀림으로 그릇이랑 가방을 챙기기 시작했다. 그리고 보호사가 한 번 더 재촉하러 오기 전에 화살처럼 방을 나섰다.

간호사실 앞, 보디가드의 모습이 보였다. 눈이 마주치자 그는 내게 손짓을 한다. 나는 그에게로 가, 그의 부모님께 인사를 드렸다. 그가 내게 어깨동무를 하며 장난기 가득한 표정으로 말한다.

"여기, 나랑 제일 친한, 아주 아주 귀엽고 사랑스런 동생!"

어느덧 겨울이다. 벌써 두 달하고도 보름이 지났는데, 대체 언제까지 여기 잡아둘 셈인거야?

정신과 폐쇄병동에서 나가는 길은 딱 네 가지다. 상태의 호전으로 의료진이 자발적으로 퇴원날짜를 잡아줄 때, 보호자가 퇴원을 요구할 때, 또는 병원비 지불 능력이 없다고 판단될 때, 그것도 아니면 죽었을 때.

내 입장에서는 의료진이 자발적으로 퇴원판단을 내릴 만큼 병증의 호전을 어필하는 수밖에 없었다. 강화유리 건너편 간호사실에 교대로 앉아 있는 여러 명의 간호사, 여기저기 골고루 돌아다니는 보호사들, 한 번씩 번갈아 나타나는 인턴이며 레지던트, 그리고 아침마다 회진하는 의료진, 그들의 예리한 눈에 내 감정변화가 최대한 드러나지 않도록 노력하는 수밖에…….

옆에 앉아 TV를 보고 있던 보디가드가 물어온다.

"왜, 누나. 무슨 생각을 그리해?"

"아냐, 아무 것도."

다시 TV로 눈을 돌리려던 그가, 내 손에 있는 컵을 빤히 쳐다보며 물어왔다(정신과 폐쇄병동에서는 모든 소지품에 이름을 적어야 하는 룰이 있다. 심지어 찍찍 끌고 다니는 슬리퍼에까지……).

"참. 진작부터 묻고 싶었는데, 그 삼교희는 뭐야?"

"이름이지 뭐긴 뭐야."

"이름? 어, 누나 이름 그거 아니잖아."

"이게 내 실제 이름이야. 다른 건 그냥 호적상의 이름이고."

"어떤 뜻이라도 있어? 꽤나 특이한데."

나는 은근슬쩍 자랑하듯 대답했다.

"후훗. 호기심 한번 왕성하네. ……으음…… 그러니까 말이지……. 내가 어렸을 때 잔병치레를 무지 많이 했었대. 그래서 할아버지께서 다시 지어주신 이름이고……. 이 이름 짓는 데 두 달 넘게 걸리셨다나 봐. 거 왜, 이름 바꾸면 팔자가 조금 달라진다는 말이 있잖아. 내 사주팔자 상, 나무랑 불이 너무 부족하다고, '나무 목' 이랑 '불 화' 자를 최대한 많이 섞어서 지으셨다네. 게다가 두 자로는 도저히 마음이 안 놓여서 한 글자 더 붙이셨대. 불과 나무의 조합, 까딱 잘못하면 아주 흉한 이름이 될 수도 있어서 옥편을 몇 수십 번 뒤적이셨고……. 참, 의미를 물었지? '불타는 숲에서 피어오르는 불꽃의 빛깔' 이래. 어때, 멋있지 않아? 히히히."

오늘은 퇴원일. 나는 보디가드에게 '퇴원하면 연락하라' 는 말과 폰번호가 적힌 쪽지를 남기고 그의 서운한 듯한 눈빛을 뒤로한 채 정신과 폐쇄병동에서 빠져나왔다. 보디가드……. 늘 딸싹 붙어 다니며 쉴 새 없이 종알거리고 헤헤거린 그 덕분에 나는 따분하고 위험한 병원생활을 그럭저럭 즐기며 보낼 수 있었다.

소설을 썼다

퇴원한 지 벌써 3년이 다 되어간다. 많이 좋아지고 있다. 이런저런 죽음의 방법들을 실험하다가 한 번씩 단기입원을 당하기도 했지만 어쨌거나 기분그래프의 진폭은 상당히 줄어들었다.

그간 어느 누구와도 연락을 취하지 않았다. 감정조절에 문제라도 생길까봐, 실수라도 있을까봐, 대인관계를 거의 접고 사는 셈이다(솔직히 그리 친한 친구도 별 없다. 늘 혼자 있는 걸 즐겼던 어린 시절의 댓가였다). 그저 단 한 사람, 보디가드와는(그는 그동안 알콜홀릭을 그야말로 완벽하게 극복했다) 늘 연락하고, 주말이면 함께 밥도 먹고 영화도 보고…….

오늘도 보디가드를 기다리고 있다.

"누나!"

"응, 왔……."

"여기, 우리 삼촌!"

그가 연세 지긋한 아저씨를 데리고 나왔다.

"……아, 안녕하세요."

나는 일단 일어나 인사를 하고 의자에 엉덩이를 붙이며 보디가드와 눈을 맞췄다.

— 왜……?

내 얼굴에 가득 뜬 물음표를 보더니 그가 웃으며 말한다.

"누나, 요즘 손 떨려서 그림 그리기도 힘들댔잖아."

그렇다. 몇 년째 약을 달고 있자니 그 부작용 때문인지 손도 조금씩 떨려오고 어떨 땐 붓조차 제대로 잡히지 않아 유일한 소일거리였던 그림도 때려치운 지 오래다. 그나저나, 근데 왜…….

"우리 삼촌, 출판사 하시걸랑. 일본책 번역은 무조건 누나한테 몰아달라고 내가 로비 좀 했지! 헤헤."

하는 일 없이(통역이란 게 사람들 만나는 일이다 보니 조울증 발병 이후로는 완전휴업 상태다) 매일 멍하니 시간을 보내고 있는 내가 불쌍해 보였나 보다.

그의 삼촌이 빙긋, 입을 열었다.

"번역일, 해볼 생각 없나요. 우리 출판사에 들어와도 되고, 그냥 프리로 계약해도 되고……."

"……그거, 하다 보면 속깨나 쓰려서……. 차라리 직접 쓰는 게 낫지……."

멋모르고 해봤던 번역일에서 업체가 갑자기 기한을 앞당기는 바람에 아주 학을 뗀 적이 있었다.

나름 완곡하게 거절하고 있는데 보디가드가 끼어든다.

"누나. 그럼, 직접 한번 써봐!"

"……뭐?"

"직접 쓰는 게 낫다며?"

이거, 말을 좀 잘못했나 보다.

"아니, 그게, 내 말은……."

내 말허리를 끊으며 보디가드의 삼촌이 제안했다.

"흐음. 문학을 전공했다죠. 그럼 한번 해보는 것도 나쁘진 않을 것 같은데, 어때요."

"……저기, ……그게……."

"이왕이면 소설이 좋을 것 같은데, 장편으로."

— 소…설? 그것도 장편……?

"시놉시스, 단단하게 짜두고 한 줄 한 줄 벽돌쌓기를 하는 거지. 그러면 시계바늘도 빨리 돌아가고 또 나중엔 책도 한 권 손에 쥘 수 있고……."

"……."

"하여간 두툼한 책 하나 손에 쥐면 그간 살아 있었다는 느낌, 그 증거가 될 수 있거든. 쓰다 보면 현실과는 전혀 동떨어진 세계를 만드는 재미에 생활의 스트레스를 잊을 수도 있고. 또 스토리는 어디까지나 작가의 몫이니까 어떤 누구도 간섭할 수 없는 성역이 생기고, 거기서 묘한 카타르시스를 느끼게 되지. 솔직히, 사람 죽이고 살리는 게 전부 작가 마음이잖아……."

가만 듣고 있자니 상당히 일리 있는 말인 듯했다. 무심결에 고개를 끄덕이고 있는데 보디가드의 삼촌이 한마디 덧붙인다.

"아, 글쎄 이 녀석이 일거리 내놓으라고 어찌나 보채는지……. 허허헛."

아날로그 인간인 내가 요즈음 컴퓨터 앞에 앉아 있는 시간이 꽤 길어졌다. 비록 워드프로세서 기능밖에 안 쓰고 있지만(솔직히, 나는 휴대폰이나 컴퓨터나 인터넷 등이 없었던 시절에 태어났으면 좋을 뻔했다. 그저 복사기나 타자기만 있었던 그 낡은 시절이 훨씬 인간답게 살 수 있었을 거라는, 70년대에 대한 막연한 환상이 있다)……. 시놉시스를 짜고 대충 줄거리도 엮어보면서 말 그대로 벽돌쌓기를 시작했다. 늦은 밤, 주체하기 힘든 시간을 보내기에는 너무나 훌륭한 일감이었다. 설계하느라 밤을 새는 일이 잦은 보디가드와 간간이 통화도 해가며 일을 즐겼다.

드디어 소설 하나를 완성했다. 몇 달간 시간을 쏟은 결과물……. 정말 힘들었다. 맞춤법에 띄어쓰기, 문장부호, 쉼표 사용법까지……. 아무리 출판사에서 교정을 봐준다고는 하나, 예의상 최소한의 틀은 잡아둬야 할 터. 특히나 띄어쓰기는, 거의 띄어쓰기가 없는 일본에서 긴 시간을 보내버린 내게 아주 생소한 영역으로 느껴졌다. 왕년에 국문과에 적을 두었던 한 시절이 창피할 만큼…….

일단 보디가드의 삼촌 출판사로 소설을 전송했다. 그리고 결과를 기다렸다. 태어나서 처음 써보는 소설. 퇴짜 맞지는 않을까, 아니면 혹시 여기저기 험난한 수정을 요구하지는 않을까……. 은근히 시험결과 기다리는 기분이다. 오랜만에 느껴보는 긴장감에 등줄기가 찌릿해진다.

전화가 왔다, 출판사에서. 내일이나 모레쯤 회사로 나와달라고 한다. 헤헷. A학점 받은 느낌. 밥 먹다가도 TV를 보다가도 커피를 마시거나 과일을 깨물다가도 배실배실 웃음을 남발하는 내게 엄마가 물어왔다.

"뭔 일 있는 거야?"

나는 그제야 최대한 빼기며 목을 가다듬고 천천히 입술을 딸싹였다.

"으음…… 그게…… 내 책이 나와."

엄마가 다시 묻는다.

"무슨 소리야, 알아듣게 말해."

"내가 소설을 썼다구. 이제 곧 내 책이 서점에 깔린단 말야."

"뭐? ……그러느라고 책상 앞에 그리 붙어 있었던 거야?"

"응. 헤헤헤."

"……그랬구나."

그닥 기뻐하거나 축하해주지도 않고 그냥 일어서버리는 엄마. 낯빛도 별로다.

"응? 갑자기 표정이 왜 그래? 축하한단 말도 안 하고."

"……그래. ……축하한다."

뭐야. 은근히 기분이 상한다.

출간기념회는 하지 않았다. 많은 얼굴들을 봐야 한다는 게 부담스러워서. 그냥…… 보디가드와 그의 삼촌, 출판사 직원분들이랑 인쇄소 사장님만 참석한 단란한 회식이었다. 약간의 술과 함께 식사를 하고, 자리를 옮겨 간단한 2차를 하고, 다들 돌아간 후에 보디가드랑 나는 엔제리너스로 들어왔다.

둘 다 개운한 아메리카노를 앞에 두고 앉았다. ……지나가는 말로 슬쩍 물었다.

“아까 사람들 술 마실 때, 괜찮았어?”

“그럼! 괜찮고말고. ……솔직히, 안 땅긴다면 거짓말이겠지만. ……근데, 누나. 부모님은 왜 안 오셨어?”

“그게, ……어디 좀 가셨거든.”

거짓말이다. 실은 내가 책을 낸다는 것 자체를 달가워하지 않았기 때문이다. 조울증이 있는 상태에서 세상에 노출되는 건 좋지 않다는 이유였다. 담당의사도 말했었다. 혹시 있을지 모르는, 책에 대한 악플 등이 병증에 영향을 끼칠 수 있다고. ……내참. 별 걱정들을 다 한다. 인터넷 알러지가 있는 내게 악플은 무슨……. 읽을 일도 없을 텐데.

햇병아리 작가인 내게 출판사는 출간비를 투자했다. 광고비만큼은 내가 부담해야 할 터. 하지만 병원에 입원하기 전, 조울증인지도 몰랐던 시절, 여기저기 쓸고 다니며 사정없이 긁어댄 카드 탓에 난 잔고가 거의 없었다. 엄마아빠도 오빠도 다들 도와주지 않았다. 출간조차 못마땅해 하는 그들에겐 지극히 당연한 일이었다.

다행히 별 광고 없이도 책은 그런대로 나갔다.

아침 일찍 보디가드로부터 전화가 왔다.

"누나, 네이버 검색해봐. 누나 얼굴 나와!"

잠이 덜 깬 섹시한 목소리로 몽롱하게 물었다.

"그건 또 뭔 소리야."

"검색창에 누나 이름 찍어보라구."

나는 눈을 비비며 침대에서 일어나 비틀비틀 책상 앞으로 갔다. 그리고 컴퓨터를 켜서 보디가드의 말대로 내 이름을 찍었다. ……순간, 잠이 달아났다. 진짜 내 사진이랑 책이 뜬다.

"누나, 보고 있어?"

"어, 응……."

"사진 잘나왔네. 실물보다 훨 낫다! 크크."

말장난할 여유도 없을 만큼 무지 황당했다. 아니, 띵했다. 출판사에서 만들었나 보다. 딸랑 책 한 권 냈을 뿐인데. …… 후훗, 갑자기 웃음이 난다. 세상이니 노출이니, 정색을 하고 얘기하던 엄마아빠 얼굴이 떠올라서…….

블로그며 웹에 쓰인, 얼마 안 되는 글들을 쭉 훑어보고는 기분 좋게 컴퓨터를 껐다.

생활이 바뀌었다. 휴면계정에 들어가 있던 내 메일함이 다시 활기를 되찾았다. 휴대폰으로 문자가 오가다 보니 언제부터인가 이메일 사용할 일도 없어졌었는데……. 책에 메일주소를 올려두었기에 우선 휴면계정을 해지시켰고 그 다음부터 이런저런 메일들이 하나씩 둘씩 들어오기 시작한 것이다. 책의 모티브나 내용에 대한 진지한 질문, 독후감, 또는 장난……. 특히 레즈비언의 사랑을 다룬 부분이 있었기에 레즈비언들로부터 들어오는 메일이 상당히 많았다. 사귀자는 말까지 하는 레즈비언도 몇 있었다. 그리고 레즈비언들의 아지트에 초대를 받기도 했다. 어떻게들 주소를 알아냈는지 아주 간간이, 가뭄에 콩 나듯 선물도 받았다(내게 프러포즈해온 한 레즈비언이 보내준 성인용품은 정말 압권이었다). 암튼 나는 그들에게 성의 있는 답을 보내려고 나름 노력했다, 많은 양은 아니었지만……. 또 적어도 사흘에 한 번은 메일을 체크하는 습관까지 생겼다.

마지막 편지

잠자리에 들었다가 다시 일어났다. 지난주에 일본 다녀오고, 사흘을 감기로 앓아눕느라 그간 통 메일체크를 못했었다.

꽤나 오랜만에 들어갔는데, 어라? 메일이 두 개뿐이었다. 답을 보내고 홀가분하게 컴퓨터를 끄려는데, 잠깐, 문득 내 페이지가 궁금해졌다. 과연 악플들이 달려 있을까, 악플도 나름대로 재밌지 않을까, 내 책에 별이 몇 개나 달렸을까, 동시다발적인 생각을 하며 다시 네이버로 들어가 검색창에 내 이름 넉 자를 찍었다. 그리고 화면에 눈을 두었다.

……!

숨이 멎는 줄 알았다. 준하, 준하의 이름이, 제일 위 연관 검색어란에 찍혀 있었다. '오준하'……. 감당키 힘든 황당함에 잠시 멍했다가 깊은 숨을 들이쉬며 그 이름을 클릭했다. ……준하의 얼굴이 뜬다. 그리고 그간 그가 지나온 세월이

고스란히 떠 있다. 시인이 되어 있었다. 여러 문학상을 차지했나 보다. 국문과 교수로 재직 중이란다. 그의 시, 한두 편을 읽었다. 잘 모르겠다. 내겐 너무 어려운 시들이다. 숨은 의미에 대해 한참을 고민했다. 점점 머리가 아파온다. 안 되겠다, 다음에 다시 읽어야지……. 잠깐, 그런데, 또,

……!

창을 닫으려던 내 눈에 희뜩 들어오는 넉 자가 있었다. 그의 연관검색어란, 그곳에 내 이름이 찍혀 있다. 내 페이지엔 그의 이름이, 그의 페이지에는 내 이름이……. 다른 게 있다면 그의 이름밖에 없는 내 연관검색어란과는 달리 그의 연관검색어란에는 열댓 명의 이름이 바글바글 올라 있다는 점이었다. 나는 내 이름으로 화살표를 가져가서 마우스를 딸깍 눌렀다. ……다시 내 페이지가 뜬다…….

컴퓨터를 끄고 침대에 누웠다. 그의 달라진 얼굴이, 그의 시들이, 그의 지나간 역사가 머리를 스침과 동시에 궁금증이 꼬리를 치켜들었다. ……도대체, 어떻게 연관검색어가 된 거지, 어떤 누가 그와 나를 연달아 검색한단 말인가. 상당히 많은 징검다리가 있어야 그리 되는 걸로 알고 있는데, 혹시 네이버에 신청하면 올려주는 건가? 아니지, 설사 그렇다고 해도 그가 그런 신청을 할 일은 없지 않은가…….

며칠을 생각했다. 이걸 어떻게 해야 하지……. 이렇게 연관검색어로 뜨는데 모른 척하고 있자니 그것도 좀 그렇다. 일단 아는 척은 해야 하지 않을까…….

검색창에 오,준,하,를 찍고 그의 페이지를 펼쳤다. 어디 메일주소라도 안 적혀 있을까……. 암만 찾아봐도 없다. 할 수 없네, 편지를 써야겠다. 그가 재직 중인 대학의 주소를 찾아 적었다.

그에게 편지를 쓰기 시작했다, 종이가 아닌 컴퓨터를 이용해서. 그리고 높임말을 사용했다, 지나간 시간이 만들어낸 거리감 때문에…….

어떻게.. 저를.. 아셨나요......

오래전.. CF관련회사에 계신다는 말을 들었던 것 같은데..

암튼 너무 잘됐어요.. 늦었지만 그간의 이런저런 일들, 축하드립니다..

..그저.. 오늘의 자신을 보냄이신지, 지나간 기억과 엇갈린 일들에 대한 어떤 소통을 의미하심인지..

어렵네요.. 당신의 시처럼......

samgyohee@naver.com

나는 내 이름 대신 이메일주소를 적었다.

편지와 함께 그의 주소와 내 주소도 컴퓨터에 찍어 프린터로 뽑아냈다. 그리고 편지는 봉투에, 주소는 오려내서 붙였다.

우체국에 다녀오는 길에는 서점을 들러 그의 시집을 샀다. 참 묘한 기분이다. 소설을 쓸 줄 알았던 그는 시인이 되어 있고 내가 그 대신 소설을 썼으니(……하긴…… 그는 시도 좋아했었다).

이틀 후, 미간에 잔뜩 힘을 주고 준하가 쓴 어려운 시들을 들여다보고 있는데 그에게서 답장이 왔다. 봉투에 적힌 그의 글씨를 잠깐 물끄러미 바라보았다. 그리고 봉투를 뜯었다.

이런 형식의 편지를 받을 거라고 생각지 못했네요.
어떻게 답신을 해야 하는지 고민하다가 편지를 씁니다.
방식이 중요한 건 아니니,
잘 지냅니다.
잘 지내시죠.
그대가 쓴 소설을 읽었습니다.
서점에 들렀다가, 그대의 책을 보고 잠깐 놀랐습니다.
그리고 반가웠습니다.

그대가 글을 쓸 것이라고, 아마도 생각했던 것 같습니다.

그래서인지 놀라움보다는 반가움이 컸습니다.

살아 있으니 어떻게든 만나네요,라는 말을 준비하고 있었던 것은 아니지만, 그 말을 하기엔 너무 이른 감이 없지는 않지만, 그래도

이 말은 해야겠네요.

그 한 시절이 제겐

진실하게 살아가게 하는 힘이 되었습니다.

그래서 감사합니다.

다음 소설 기다리고 있습니다.

건강하세요.

— 오준하.

편지지 곳곳에 찍혀 있을 그의 손자국이 보였다. 그리고 '이런 형식의 편지' 라는 말에서 가시를 느꼈다. ……하긴 손으로 써내려가는 글에 담기는 성의에 집착했던 그였지 않은가. 아직도 여전한가 보다. 내가 달아둔 메일주소를 무시하고 이렇듯 우편으로 보내온 것을 보면……. '방식이 중요한 건 아니니' 라는 말에서 또 한 번 가시를 느꼈다. 그리고 아래쪽에 쓰인 '진실' 이라는, 뼈있는 단어와 그 주변에 흩어진 말들에서 나에 대한 짙은 앙금을 느낄 수 있었다. ……그래,

너무나 당연한 일 아닌가. 아니, 이렇게 답장을 보내준 것만 해도 어딘가. 그때 내가 그럴 수밖에 없었던 상황 따위, 상상조차 못했을 그인데……. 어쩐지 마음이 저려왔다.

나는 다시 그에게 편지를 쓰기 시작했다.

간편한 메일을 생각했는데 이렇게 편지를 주셨어요, 번거로우셨을 텐데..

그나저나 글체가 많이 달라지셨네요.. 제가 기억하는, 한 번쯤은 다시 보고 싶었던 그 글씨와는 너무나 많이.. 당신의 생소한 글자를 보면서 참 많은 생각을 했습니다.. 그만큼 훌쩍 흘러버린 시간, 지나치게 어른이 되어계신 당신…… 그리고 편지에 쓰인 '진실'이라는 단어의 의미에 대해서도 계속 고민하고 있습니다..

모든 걸 다 말할 순 없겠지만, 말해본들 의미 없는 일이겠지만, 어쩌면 약간의 소통을 바랬던 건지도 모르겠습니다..

저 역시.. 쓸데없이 말을 아꼈던 그 시절의 제가 아닌가 봅니다..

몇 년째 조울증을 겪고 있습니다.. 그래서.. 감정조절이나 절제에 실수가 있을까 대인관계도 거의 접고 있죠.. 하는 일 없이 집안에 틀어박혀 멍하니 지내던 제게 누가 그러더군요.. 글을, 그것도 긴 글을 써보라는.. 살아 있다는 증거가 될 수도 있다는……

오랜 약의 부작용으로 손이 점점 떨려오고 붓조차 제대로 잡지 못하는 날이 늘어가던 시기와 맞아떨어졌던 말, 그래서 시작한 '짓',

수면제가 듣지 않는 불면의 밤이면 한 번씩 저도 모르게 책상 앞에 앉아 있곤 했습니다.. 그 결과물, ..그냥, ..그저, 말초적이고 깃털보다 가벼운……

책, 읽지 마세요.. 당신께서 보실 만한 글이 못 됩니다..

모든 것이 구토를 유발할 만큼 징그럽게 하얗던 병원 독방에서의 기억은 가끔 제게 깜깜하고 무서운 지하실에 갇히는 꿈을 꾸게 합니다.. 그런데.. 우스운 일이지만 전 거기서 당신을 몇 번인가 보았습니다.. 물론 지난 시절 그대로의 당신을.. 아무런 얘기 없이 그냥 옆에 묵묵히 앉았다가 눈을 뜰 무렵 사라지곤 했죠.. 지금 이렇게 제가 당신께 드러나고, 당신을 제가 알아보는, 이런 황당한 날이 올 것을 예감이라도 했던 걸까요.. 그저 허한 웃음만 까만 밤공기에 섞입니다..

당신을 보여주셔서 감사합니다..

늘 훌륭한 작품 기대하고 있겠습니다..

아름다운 가을 되세요..

— 오준하 교수님께 박삼교희 올립니다..

말도 안 되는 배신 뒤에 뭔가 있었음을 에둘러 얘기했다. 그리고 재주도 없는 글을 쓰게 된 사연을 밝혀 민망함을 줄였다. 또 내가 왜 직접 편지글을 쓰지 못했는지도 이해해주길 바랐다. 꿈 이야기는 사실이었다. 열 번 꿈을 꾼다면 아홉 번이상은 친, 한번쯤은 준하가 등장했다(가끔 보디가드가 꼽사리 끼여 있기도 했지만). ……그의 앙금이 조금이라도 옅어지길 바란다.

프린터에서 뽑아낸 두 장의 편지를 책상 위에 올려두고 침대에 몸을 던졌다. 후우……. 이 편지를 보내고 나면…… 늘 마음 한구석 웅크리고 있던 그 죄책감에서 조금은 벗어날 수 있으려나…….

망상장애 해프닝

또 여름이다. 내가 제일 싫어하는 계절, 내게 가장 잔인한 계절…….

오늘 저녁엔 모임이 있다. 잠수타고 있는 내게 모임이란 단어는 어쩜 아이러니 그 자체인지도 모르겠다. 실은 어제 보디가드에게서 전화가 왔었다, 병원에 같이 입원해 있었던 대여섯 명의 동지들이 도킹하기로 했다고……. 솔깃했다, 다들 서로 연민을 느끼는 존재들이었으니까.

약속장소에 나왔다. 실로 오랜만에 보는 얼굴들이 반갑다. 일단 식사를 하고 보디가드가 예약해 둔 룸카페로 자리를 옮겼다. 여덟 명이서 큼지막한 방 하나를 차지하고 들어앉았다. 그리고…… 커피, 콜라, 캔맥주, 생맥주, 홍차, 주스, 위

스키, 칵테일 등, 다들 취향 따라 골고루, 여덟 명이 여덟 개의 음료를 주문했다. 보디가드는 홍차였고 나는 주스였다. 나는 간간이 그의 표정을 살폈다. 알콜홀릭이었던 사람이 술을 앞에 두면 어떤 기분이 들까, 혹시라도 다시 시작하고 싶어지면 어쩌나, 내내 신경이 쓰였다. 홍차를 홀짝이던 그가 갑자기 일어섰다. ……? 설마, 술이라도 주문하려고……? 나는 입속으로 '안 돼'를 중얼거렸다. 그런데…… 그는 걱정스런 표정의 내게 찡긋, 웃어 보이더니 방 한쪽에 놓인 피아노로 다가가서 그 의자에 앉았다. 그리고는 아주 우아하게 피아노를 치기 시작했다. 심수봉의 〈사랑밖에 난 몰라〉……. 연신 이쪽을 쳐다봐가며 노래까지 곁들인다. 어째 불안 불안하더니 기어이 삑사리가 났다. 오글오글 모여앉아 있던 우리, 일곱 명의 남녀는 웃음을 터뜨리고 말았다. 보디가드는 살짝 민망했던지 2절부터는 얌전히 건반만 만졌다. 이번엔 내 앞에 앉은, 갓 스물을 넘긴 정애가 노래를 흥얼거린다.

그대 내 곁에 선 순간 그 눈빛이 너무 좋아
어제는 울었지만 오늘은 당신 땜에
내일은 행복할 거야
얼굴도 아니 멋도 아니 아니
부드러운 사랑만이 필요했어요

지나간 세월 모두 잊어버리게
당신 없인 아무것도 이젠 할 수 없어
사랑밖엔 난 몰라
무심히 버려진 날 위해 울어주던 단 한 사람
커다란 어깨 위에 기대고 싶은 꿈을
당신은 깨지 말아요
이 날을 언제나 기다려왔어요
서러운 세월만큼 안아주세요
그리운 바람처럼 사라질까봐
사랑하다 헤어지면 다시 보고 싶고
당신이 너무 좋아

— 사랑밖에 난 몰라 —

잠깐 전화를 받고 들어오니 다들 참새처럼 연예가 수다를 떨고 있다. 듣자 하니 박철,옥소리의 얘기였다. 다들 박철이 안됐다는 쪽으로 이야기가 기울었다. 좀 전에 심수봉 노래를 흥얼거렸던 정애가 말한다. 자신은 박철의 광팬이라고.

내 입술이 나도 모르게 딸싹거렸다.

"아, 박철. 그 사람 본 적 있어. 우리 조카딸 돌잔치 때 사회를 봐줬거든. 실제로 보니까 정말 괜찮아 보이더라. 우리 오빠랑 무지 친해."

(사실, 박철을 여기저기 룸살롱으로 끌고 다닌 주범 중 하나가 우리 오빠였다.)

그녀의 목에서 갑자기 높은음자리표가 쏟아져 나온다.

"히야……! 언니, 언니! 나, 박철 좀 소개시켜주라. 그 사람, 내 이상형이란 말야!"

……어, 이거, 귀찮아지게 생겼다. 괜한 말을 해버렸네. 한 발 늦은 후회를 하고 있는데 그녀가 내 옆자리로 사뿐히 옮겨 앉더니 내 허벅지를 만지고 무릎까지 살살 흔들어대며 콧소리를 내기 시작했다.

"언니, 나 그 사람이랑 무지 잘 어울릴 것 같지 않아?"

"……으응."

"소개팅 좀 잡아줘."

"그게…… 나랑 친한 게 아니니까……."

"언니네 오빠한테 부탁하면 되잖아."

"……지금 그 사람이 소개팅 할 기분이겠니."

"그럼, 전화번호라도 좀 가르쳐줘."

"나는 몰라. 우리 오빠가 알겠지."

"그러니까, 내 말은, 알아봐달라고!"

"……전화해서 귀찮게 하면 싫어할걸. 한창 너버스해진 상황일 텐데. 어쩜 니 폰번호, 수신거부로 돌려질지도 몰라."

"알았어, 그럼 처음부터 전화해대진 않을게."

"……?"

"처음엔 문자로 시작할래. 내 사진도 좀 첨부해서……. 헤헤. 그렇게 뜨문뜨문 보내다 보면 박철은 나한테 서서히 중독될 거야. 그러면 조만간 나한테 먼저 연락을 해오겠지?"

망상장애로 입원했었던 그녀다. 약을 끊었다더니 다시 재발인가…….

삐리리.

문자 들어오는 소리에 잠을 깼다. 새벽 4시28분. 정애다.

— 언니, 아침에 일어나거든 바로 알아봐주세용, 잊지 말고……. 아셨죵? 그럼 좋은 꿈 꾸세요…….

내참. 사람 실컷 깨워놓고는. 뭐? 좋은 꿈?

그나저나 ……대략난감…….

오빠에게 전화를 했다. 그리고 그녀의 부탁을 전했다. 오빠는 잠시 듣고 있더니 딱 잘라 거절한다.

"너도 알고 있잖아. 다들 그런 거 꺼린다는 걸."

"그치만……."

"안 돼. 안 그래도 힘든 녀석인데……."

하긴……. 정애의 망상장애가 언제 어떻게 그를 괴롭히게 될지 모르는 일…….

"그래, 알았어. 미안해, 오빠."

전화를 끊으려는데 오빠가 다시 날 불렀다.

"삼교희."

"응?"

"요즘 어때, 많이 나아졌어?"

"뭐 그럭저럭."

"약은 좀 줄었고?"

"응."

거짓말이다. 그리고 희망사항이다. 사실 조울증은 재발가능성이 꽤 높은 병증이라 의사들이 노파심에 선불리 약을 줄여주지 않는다. 그리고 완전히 다 나았다 생각되는 시점에서도 치료유지 차원에서 6개월, 또 재발방지 차원에서 6개월, 그리고는 아주 신중을 기해 약을 줄여나간다고 들었다.

내 대답이 좀 퉁명스레 들렸는지 오빠가 다시 물어온다.

"너, 아직도 삐쳐 있는 거지?"

책 나왔을 때 광고비 투자 안 해줬던 걸 얘기하나 보다. 듣고 보니 그 때의 짜증이 다시 살살 피어오른다.

"그거야 뭐……."

"다음에, 약도 끊고, 다 낫고 나면, 니가 그만하라고 할 때까지 광고 책임져줄게. 그러니까……."

"그럼, 한 권 더 쓰란 말이야?"

"몇 권이든. 대신에 출간은 약 끊고 난 후로 미루자고. ……무슨 말인지 알지?"

"다 똑같아, 아빠도 엄마도 오빠도. 인터넷에서 내 이름 검색해봐. 벌써 내 얼굴이랑 책이랑 다 뜬다구. 그래도 아빠나 엄마나 오빠가 걱정하는 사건은 전혀 없었어. 지금껏 악플 같은 거, 하나도 안 달렸단 말야. 악성메일도 완전 없어, 없다구!"

"그건 니가 아직 병아리라서 그래. 어느 수준 이상 노출되면 그땐 너 절대 감당 못해. 평생 약 달고 살 거야?"

하긴……. 어쩜 그럴지도 모른다. 아무리 인터넷 알러지가 있다고는 하나, 메일 체크만큼은 꼼꼼히 하고 있는 상황. ……나는 꼬리를 내렸다.

"알았어. 그럼 대신 별이나 좀 달아줘."

"뭐?"

"별 좀 찍어달라구!"

"내참. 무슨 말인가 했네. 그래, 서너 명 포섭해서 별 여러 개 붙여줄게."

빠락빠락 대들다가 꼬리를 내리자니 왠지 민망해서 그다지 필요치 않은 '짓'을 시켜버렸다.

오빠가 다시 나를 달랜다.

"다 낫고 나면 좋은 남자도 많이 소개시켜줄게."

"음……. 잘생긴 연예인 중에서 내가 찍어도 돼?"

"허 참. 그래, 얼마든지 골라봐, 유부남만 빼고. 내가 어떻게든 소개는 시켜줄 테니까. 암튼 빨리 낫기만 해. 지금 니 나이가……."

"왜 또 나이 얘기는 꺼내고 그래! 계절 바뀔 때마다 심란해지는 여자한테!"

"아, 그래, 미안 미안."

그나저나 꽤 오랜만에 오빠랑 여러 말을 했다. 원래 대화라고는 잘 없는 남매인데…….

실은…… 오빠도 배우가 될 뻔했었다. 중대 연극영화과에 재학 중이던 어느 날, 새로운 얼굴을 찾으러 학교에 들렀던 한 이름 있는 영화감독이 오빠를 주연으로 캐스팅한 것이다. 하지만 그 좋은 기회를 오빠는 놓아야만 했다. 전근대적 사고방식을 가진, 앞뒤 꽉 막힌 아빠의 강력한 반대에 부딪혀……. 영화 만들겠다고 해서 입학시켜놨더니 딴따라를 하려든다며, 정 하고 싶으면 호적부터 파라고 했단다. 그때 나는 일본에 있었던지라 잘은 모르지만 엄마 말에 의하면 정말 살벌한 싸움이었다고 한다. 결국 카드까지 정지시키자 오빠가 어쩔 수 없이 포기했다고. 엄마도 아빠 편을 들 수밖에 없었단다. 정말 오빠가 아빠 뜻을 거스를 경우, 혈압 높은 아빠의 건강이 어찌될까 불안했기에. ……그런데…… 오빠가 포기했던 그 영화는 엄청난 흥행을 기록했고 오빠 대신 기용된 신인은 그 영화 하나로 일약 톱스타의 반열에 올랐다. 아마도 오빠의 아쉬움은 그에 비례할 수밖에 없었을 것이다(만약 오빠가 주연이었으면 흥행하지 않았을 것도 같지만). 암튼 그 후로 오빠는 집밖으로 겉돌았다. 설 추석에도 여행이나 가버리고, 친구 집에서 지내기도 하고……. 결혼하고 나서는 더더욱 심해졌다. 아빠엄마 생신이며 어버이날까지도 전부 올케언니한테 떠맡기고 도통 집에 들를 생각을 안 했다. 아빠 회사에 들어가지도 않고, 따로 연예계 관련 사업을 시작했다. 조카 돌잔치 때, 온 가족이 몇 년 만에 비로소 한 곳에 모였을 정도다. ……돌잔치, 그래, 박철이 사회를 본, 그 돌잔치에서 나는 수많은 면면들을 볼 수 있었다. 하객의 2/3가 연예인이었다. 대학친구나 선후배들 거의가 연예계로 진출했으니, 게다가 그쪽 계통의 사업을 하고 있으니 지극히 당연한 일이었다.

언뜻…… 엄마아빠, 사돈어르신들과 함께 앉은 우리 테이블에 와서 특유의 살가운 미소로 인사를 하던 박철의 모습이 떠올랐다. 다시 머리가 아파온다. 이 타이밍을 기다리기라도 한 듯 정애로부터 전화가 들어왔다.

"언니, 어떻게, 알아냈어요?"

거짓말을 급조했다.

"아니, 그게, 오빠가 어제 휴대폰을 물에 빠트렸다네. 그래서 지금 좀……."

"그래도…… 주변에 박철 폰번호 아는 사람, 많이 있을 거잖아요."

어설픈 거짓말로 해결될 문제가 아닌 것 같다.

"……근데…… 정애야. 너 아직 너무 어리잖아. 그 사람, 니 나이의 꼬박 두 배야. 좀 부담스럽지 않니?"

"……."

갑자기 그녀가 입을 닫았다.

"정애야, 듣고 있어?"

"……."

"정애……."

전화가 끊겼다. 혹시 통신장애인가 싶어 다시 발신버튼을 눌렀다. ……컬러링은 흘러나온다. 그런데 받지 않는다. 노래가 2절로 넘어갈 즈음 폰을 놓았다. 아무래도 삐쳤나 보다.

출판사에서 전화가 왔다.

"저, 작가님. 신문사랑 방송국 몇 군데서 전화가 자꾸 오는데, 작가님 폰번호 가르쳐달라고……."

— 이건 또 뭐지.

"뭐 땜에요?"

"그게…… 박철 씨랑 어떤 사이냐고……."

"네? 그게 무슨."

"글쎄…… 그러니까…… 제보가 들어왔다고들……."

"제보요……?"

"작가님이랑 박철 씨가 사귄다는……. 작가님의 지인이 제보했다고."

……? ……!

순간, 머릿속을 뱅글뱅글 맴돌던 물음표가 느낌표로 바뀌었다. ……하, 내참……. 이건 분명 정애 짓이다. 나한테 단단히 화가 났나 보다. ……아니, 그치만, 아무리 화가 났다해도 이건 아니잖아, 어린애도 아니고. ……잠깐, 망상장애를 앓았던 아이 아닌가……. 아무래도…… 내가 박철을 좋아해서 일부러 저한테 폰번호를 숨겼다고 생각한 건지도 모르겠다. 아니, 한술 더 떠서 정말 내가 박철과 사귀고 있다고 여기는지도 모른다. 잠깐의 머리회전 후에 답했다.

"전혀 아니구요. 전 그 분, 본 적도 없으니까……."

"저기, 작가님 조카 돌잔치가 어쩌구 하던데……."

"아뇨, 아뇨. 암튼, 무조건, 아니니까 무시해주세요. 혹시라도 제 폰번호 새지 않게 다른 직원 분들께도 말씀 좀 잘 해주시고…….”

“예, 그러죠. 그런데 작가님, ……저, 그게, 지금 인터넷에도 뜨거든요…….”

순간 온몸에 소름이 돋았다.

“……네? 인,터,넷,이라구요?”

서둘러 통화를 끝내고 컴퓨터를 켰다. 그리고 내 페이지를 펼쳤다. ……찾았다. 웹문서, 한 여성지의 애독자자유게시판에 올라 있었다.

〈 박철, 신인소설가 박삼교희와 열애 중 〉

일전의 사건이 있고 나서 늘 그늘져 보여 마음이 쓰이던 박철에게 드디어 좋은 소식이 들리네요. 첫 만남은 수년 전 그녀의 조카돌잔치 사회를 박철이 맡으면서 자연스럽게 이루어졌고 그날 이후로 현재에 이르기까지 진지하게 교제 중이라고 합니다. 조울증을 앓고 있던 그녀가 박철을 만나면서 거의 약을 끊어가는 단계라고…….

히야……! 무슨 이런……. 정말이지 돌아버리겠다. 원쿠션, 투쿠션, 쓰리쿠션, 여러 테크닉을 구사한 내용에 이마가 뜨거워지고 입은 바짝바짝 타들어간다. 어질어질 현기증까지 돈다.

때마침, 시끄럽게 폰이 울린다. 오빠다.

"여보세요."

"너, 도대체 뭘 어떻게 하고 다니길래……."

다짜고짜 버럭 화부터 낸다. 나도 성질을 부렸다.

"그러게, 박철 폰번호만 가르쳐줬어도 이런 일 없었을 거잖아!"

"그건 또 무슨 말인데."

"폰번호 가르쳐달라던 애가 여기저기 제보한 거라구, 앙심 품고. 걔, 망상장애 있는 애란 말야!"

오빠는 잠깐 말이 없었다. 그러다 대충 사태파악이 된 듯 가라앉은 목소리로 말했다.

"지금 철이한테서 전화가 왔는데 아주 미치겠단다, 기자들이 발발이 전화를 해대서. 도대체 어찌된 거냐고 나한테 묻는데……."

"사실대로 얘기하면 되잖아. 미안해할 것도 없어. 나도 피해자라구. 굳이 책임을 따지자면 박철도, 오빠도, 나도, 다 책임 있는 거라구. 나는 걔한테 괜히 돌잔치 얘기를 한 거고, 오빠는 쓸데없이 폰번호 숨긴 거고, 박철은 운 나쁘게 망상장애 있는 팬을 가진 거고! 안 그래?"

오빠한테 성깔 있는 대로 다 부리고 일방적으로 전화를 끊었다. ……말이야, 세 사람 다 책임이 있다느니 어쩌니 떠들었지만 따지고 보면 원천적인 책임은 완벽하게 내 차지다. ……대체 이 일을 어쩌면 좋지. 침대에 벌렁 드러누웠다. 그리고 머릿속에 뒤엉킨 것들을 하나하나 정리해보았다. ……일단, 지금 제일 황당해하고 있을 박철에게는 오빠가 잘 설명해줄 것이고, 박철은 기자들에게 모르쇠로 일관할 것이고, 나는 출판사 뒤에 이렇게 숨어 있으면 되고……. 잠깐, 그런데, 인터넷에 오른 그 글은 어쩐다? 혹시라도 사람들이 여기저기 퍼 나르고 흩어지기 시작하면……. 아무리 내가 인지도 제로라 할지라도 박철의 현 상황상, 사람들의 이목을 끌 수도 있는 일이다. ……이러다 혼삿길이라도 막히면…… 안 된다, 절대로!

나는 정애에게 전화했다. 역시 안 받는다. 음성메시지를 남겼다. 그리고 문자도 넣었다. 완전 오해니까 게시글 좀 삭제해달라고…….

이번엔 다른 방향으로 잔머리를 굴렸다. ……얼핏 샛노란 전구가 후두부에서 깜박였다. ……그래, 그러면 되겠다!

보디가드에게 연락했다. 상황설명을 자세히 하고, 그 잡지 게시판에 반대되는 내용의 글을 게시해줄 수 없겠냐고 물었더니 그는 혀를 끌끌 차면서 그래주겠노라 대답했다.

잠시 후, 보디가드로부터 문자가 들어왔다.

— 지금 글 올렸으니까 확인해봐.

나는 바로 게시판을 뒤져서 정애의 글 바로 위에 뜨는 보디가드의 글을 찾아냈다.

〈 박철, 소설가와 열애? 〉

요즘 언뜻 언뜻 박철과 한 신인소설가에 대한 얘기가 들립니다. 하지만 이것은 사실과 전혀 무관합니다. 우선 박철도 지금 누군가와 만남을 가질 상황이 아닐 터이고 그녀 역시 몸이 조금 안 좋아 바깥출입조차 잘 하지 않습니다.

어떤 한 사람의 제보를 사실확인조차 없이 그저 기삿거리로 물고 늘어지는 기자들의 패악은 반드시 고쳐져야 할 것입니다. 그리고 그저 흥밋거리로 근거 없는 루머에 힘을 실어주는 일도 없어야 할 것입니다.

보디가드에게 전화했다.

"지금 막 읽었어. 고마워."

"별 말씀을. 근데 내용은 어때, 마음에 들어?"

"응. 기대 이상으로……."

"걱정 마. 나만 믿어. 나머지 흩어진 글들은 내가 하나씩 찾아 없앨게."

"어떻게?"

"일일이 삭제 부탁한다고 비밀댓글 달아두는 거지 뭐.

……그나저나, 누나. 정애를 어떻게 좀 해야 하지 않나? 이대로 놔뒀다간 또 무슨 일을 벌일지 알게 뭐야. 혹시라도 누나인 척하고 기자들이랑 통화라도 하는 날엔…….”

순간 등골이 오싹해진다.

“어쩌지, 어쩜 좋아…….”

“음……. 일단 전화 끊어. 다시 연락할게.”

그는 내 대답도 듣지 않고 바삐 전화를 끊었다. ……무슨 생각이라도 있나? ……뭘 어쩌려고……. 나는 손톱을 물어뜯으며 초조한 시간을 보냈다. ……십오 분쯤 지났을까, 보디가드로부터 전화가 들어왔다.

“누나! 됐어, 이젠 걱정할 거 없어!”

“응? 뭐가, 어떻게?”

“정애 어머님께 전화 드렸어. 병원에 연락해서 자초지종 설명하고 정애 보호자 폰번호 좀 알려달랬더니 가르쳐주더라구.”

“그래서?”

“정애 상태 얘기했지 뭐. 내일 바로 입원시키실 거래.”

“…….”

아무 말도 나오지 않는다. 갑자기 온몸이 젖은 빨래처럼 무겁게 늘어진다.

“누나. 듣고 있어?”

"……으응."

"왜 그래, 말도 안 하고."

"그게…… 갑자기 긴장이 풀리니까……."

"그래, 그럴 만도 하네. 크크크."

"……고마워. 난 그런 쪽으로는 전혀 생각 못했는데."

"히히. 내가 누구야. 누나의 보디가드잖아!"

이번엔 내 입가에도 웃음이 번졌다.

"후훗. 그래, 내가 평생 예뻐해줄게."

"치잇. 그게 뭐야. 다 큰 신사한테."

"알았어. 그럼, 귀여워해줄게. 됐어?"

"그래, 됐다, 됐어! 내일 밥이나 사줘. 아주 아주 비싼 걸루."

보디가드는 이런저런 수다로 내 마음을 아주 편안하게 만들어주었다. 정말 감사한 일이다, 보디가드가 곁에 있음이…….

한동안 박철의 이름이, 내 페이지 속, 준하 이름 옆에 나란히 떠 있었다.

락커 김경호 납시다

문자가 들어왔다. 보디가드,

— mbc 방송 켜봐, 재밌는 거 하는데.

지나간 영화를 보다가 채널을 돌렸다. ……뭐, '나는 가수다'? 저건 또 뭐야. 가수들의 경연? 허, 내참. 하다하다 이젠 별별 짓을 다하는구먼. 나는 답문을 보냈다.

— 너나 실컷 봐..

저녁을 먹고 막 칫솔에 치약을 눌러 짜고 있는데 내 휴대폰이 울렸다. 보디가드,

"누나. 오늘 누가 1등 했게?"

"관심 없어. 그 말 하려고 전화한 거야?"

"나도 첨엔 그랬는데, 이게 보니까 장난이 아니야. 다들 최고로 부른다니깐. 난 지금부터 지난 몇 회분, 전부 '다시보

기' 할려구. 누나도 첫 회부터 한번 봐봐. 속는 셈 치고."

속는 셈 치고 '다시보기' 버튼을 눌렀다. ……별루다. 뭐 저런 말도 안 되는……. 그나저나 내가 가수라면 절대 출연 못할 것 같은데, 다들 참 대단하다. 긴장을 하네 마네 하지만 그래도 모두 내공은 충분히 있어 보인다. ……암튼, 어쨌거나, 내 취향은 아니다. 보다 말고 샤워를 했다.

"누나, 오늘은 진짜로 진짜로 봐야 돼. 안 보면 후회할걸."

또 시작이다. 벌써 몇 달째 '나가수' 얘기를 틈만 나면 해대고, 휴대폰 컬러링도 이 노래 저 노래 바꿔가며 이리 성화다.

"그건 왜."

"오늘 말야, 김경호가 나와, 김경호!"

호들갑을 떠는 그에게 심드렁하게 물었다.

"그게 누군데."

"몰라? 김경호 말이야. 락커, 우리나라 락의 프린스!"

"뭐, 락? 그 시끄러운 거? ……됐다, 됐어."

"되긴 뭐가 돼? 진짜 최고 중의 최고라니깐. 평소엔 보고 싶어도 잘 못 보는 귀한 몸이라구."

"넌 이 누님이 트로트 말고는 취급 안 한다는 거 몰라?"

그렇다. 나는 우리 민족의 정서가 고스란히 담긴 트로트가 좋다. 일본의 엔카도 꽤나 좋아한다.

"칫. 고풍스럽기는……. 일단 보고 나서 말해. 그래도 싫다면 다시 얘기 안 할 테니. ……암튼, 해도 해도 너무한다니깐. 가만 보면 이 동생과 공통분모를 가질 생각이라곤 아예 손톱만큼도 없어."

듣고 보니 조금 미안해진다.

"흐흠, 그래, 알았어. 볼게."

시간에 맞춰, 채널 mbc.

……!

우와……, 예쁘다……. '새 가수 인터뷰'를 보자 하니, 보디가드 말이 사실인가 보다. 무지 유명한 가수 같다. ……가만…… 저 긴 머리스타일하며 하얀 얼굴, 어쩐지 어디서 본 듯하기도 하고……. 잡히지 않는 기억을 더듬고 있는데 그의 옛 자료화면이 뜨고 그의 대표곡이라는 노래가 잠시 흘러나온다. ……아! 저거, 아는 노래다. 많이 들어본 곡이다. TV를 향한 내 동공이 조금씩 커지는 것 같다.

이윽고 경연이 시작되고……. 드디어 마지막순서, 그의 차례, MC가 가수 이름을 밝히지도 않았는데 그가 무대 뒤에서 나오자 사람들이 비명을 지르고 기립을 한다. 방청석에 앉아 있으면 얼굴도 제대로 안 보일 텐데 실루엣만 보고 알아차리다니……, 신기하다. ……근데…… 그렇게나 경력 있는 가수

가 어째 저리 심하게 떨지? 보고 있자니 나까지 다 숨이 찬다. ……어쨌거나 노래가 시작되고,

……헐…….

등수 발표, ……4위.

왠지 심기가 불편해진다. 저거, 집계가 잘못 된 거 아냐? 괜히 궁시렁거리며 쩝쩝대고 있는데 보디가드로부터 전화가 들어왔다.

"누나, 어땠어? 끝내주지?"

"그래. 인정! 덕분에 잘 봤다!"

동경에 좀 다녀왔다. 친구들도 만나고 교수님도 찾아뵙고 온천도 좀 하고……. 공항에서 집으로 가는 길에 보디가드에게 전화했다.

"집 앞으로 올래? 선물 사왔는데."

"어, 선물? 히히히. 아참, 누나. 좀 있으면 '나가수' 하는데……."

"알았어, 그럼 방송 보고 와. 참, 지난주엔 김경호 씨, 몇 등 했어?"

"중간평가 때는 등수, 의미 없어."

"중간평가? 그건 또 뭔데."

"그런 거 있어. 담에 보면 알아."

집에 도착했다. 옷도 안 벗고 손도 안 씻고 TV부터 켰다. 그리고 어느새 나도 김경호의 순서를 기다렸다. ……드디어 등장! ……참 예쁘게도 서 있다. 뒤태는 또 어찌 저리 곱지. ……흐음……. 저건…… 다이어트만으로 나올 수 있는 그림이 아니네, 타고난 뭔가가 있어. 저 긴 다리하며…… 딱하니 황금비율이구먼……. 잠깐 넋을 놓고 있는데 노래가 시작됐다.

또, ……헐…….

순위발표, 이번엔 1위!

앗싸! 나도 모르게 박수를 쳤다.

잠이 안 온다. 비행기 안에서 좀 잤더니만…….

거실로 나와 TV를 켰다. 그리고 '나가수' 돌려보기를 했다. 김경호 첫 출연 때 불렀던 〈모두 다 사랑하리〉와 오늘 1등 해버린 〈못 찾겠다 꾀꼬리〉를 다시 한 번 들어본다. 그리고 중간점검, '새 가수 신고식' 에서 불렀던 그의 노래, 〈나를 슬프게 하는 사람들〉을 몇 번이고 반복 감상했다.

하늘에 구름 떠가네 보라색 그 향기도
이 몸이 하늘이면 얼마나 좋을까
내 곁에 사랑도 가네 빨간 입맞춤도

시간이 멈춰지면 얼마나 좋을까
비 맞은 태양도 목마른 저 달도 내일의 문 앞에 서 있네
아무런 미련 없이 그대 행복 위해 돌아설까나
타오르는 태양도 날아가는 저 새도 다 모두 다 사랑하리
— 모두 다 사랑하리 —

어두워져가는 골목에 서면
어린 시절 술래잡기 생각이 날 거야
모두 숨어버려 서성거리다
무서운 생각에 나는 그만 울어버렸지
못 찾겠다 꾀꼬리 꾀꼬리 꾀꼬리
나는야 오늘도 술래
하나 둘 아이들은 돌아가 버리고
교회당 지붕 위로 저 달이 떠올 때
까맣게 키가 큰 전봇대에 기대 앉아
(애들아 애들아)
엄마가 부르기를 기다렸는데
강아지만 멍멍 난 그만 울어버렸지
그 많던 어린 날의 꿈이 숨어버려
잃어버린 꿈을 찾아 헤매는 술래야
이제는 커다란 어른이 되어

눈을 감고 세어보니
지금은 내 나이는
찾을 때도 됐는데 보일 때도 됐는데
못 찾겠다 꾀꼬리 꾀꼬리 꾀꼬리
나는야 오늘도 술래

— 못 찾겠다 꾀꼬리 —

아무 때고 네게 전화해 나야 하며 말을 꺼내도
누군지 한 번에 알아낼 너의 단 한 사람
쇼윈도에 걸린 셔츠를 보면
제일 먼저 니가 떠올릴 사람
너의 지갑 속에 항상 간직될 사람
네게 그런 사람이 나일 순 없는지
니 곁에 있는 내 친구가 아니라
언젠가 그가 너를 맘 아프게 해
너 혼자 울고 있는 걸 봤어
달려가 그에게 나 이 말 해줬으면
그대가 울리는 그 한 여자가
내겐 삶의 전부라고
혼자서는 힘든 슬픔이 오면
제일 먼저 니가 찾아줄 사람

너의 생일마다 꽃을 안겨줄 사람
네게 그런 사람이 나일 순 없는지
니 곁에 있는 내 친구가 아니라
언젠가 그가 너를 맘 아프게 해
너 혼자 울고 있는 걸 봤어
달려가 그에게 나 이 말 해줬으면
나의 일생을 모두 주어도 난 얻지 못하는
그녀를 가진 그대라고
그녀를 곁에 둔 이유만으로 다른 이 세상 누구보다
그댄 행복한 거라고

《김경호 — 나를 슬프게 하는 사람들》

고공 행진

요즘 트로트와 엔카 대신 여러 노래와 음악을 두루 섭렵하고 있다. 다름 아닌 락의 프린스, 김경호 덕분에…….

머리를 쓸어 올리는 너의 모습
시간은 조금씩 우리를 갈라놓는데
어디서부턴지 무엇 때문인지
작은 너의 손을 잡기도 난 두려워
어차피 헤어짐을 아는 나에겐
우리의 만남이 짧아도 미련은 없네
누구도 널 대신할 순 없지만
아닌 건 아닌 걸 미련일 뿐
멈추고 싶던 순간들 행복한 기억
그 무엇과도 바꿀 수가 없던 너를

이젠 나의 눈물과 바꿔야 하나
숨겨온 너의 진심을 알게 됐으니
사랑보다 먼
우정보다는 가까운
날 보는 너의 그 마음을 이젠 떠나리
내 자신보다 이 세상 그 누구보다
널 아끼던 내가 미워지네
연인도 아닌 그렇게 친구도 아닌
어색한 사이가 싫어져 나는 떠나리
우연보다도 짧았던 우리의 인연
그 안에서
나는 널 떠나리

— 사랑과 우정 사이 —

내겐 너무나 슬픈 이별을 말할 때
그댄 아니 슬픈 듯 웃음을 보이다
정작 내가 일어나 집으로 가려할 때는
그땐 꼭 잡은 손을 놓지 않았어
울음을 참으려고 하늘만 보다가
끝내 참지 못하고 내 품에 안겨와
마주 댄 그대 볼에 눈물이 느껴질 때는

나도 참지 못하고 울어버렸어
사랑이란 것은 나에게 아픔만 주고
내 마음 속에는 멍울로 다가와
우리가 잡으려 하면 이미 먼 곳에
그땐 때가 너무 늦었다는데
차마 어서 가라는 그 말은 못하고
나도 뒤돌아서서 눈물만 흘리다
이젠 갔겠지 하고 뒤를 돌아보면
아직도 그대는 그 자리에

— 암연 —

아무 것도 필요 없어
니가 나를 떠나려 한다면
나를 사랑했단 말도
모두 연극처럼 느낄 뿐이야
마음이 변했다면 이유를 대지 마
내가 싫어진 걸 다 알고 있어
가식적인 말로 나를 위로하려고 하지 마
이젠 기대하지 않아
너의 곁엔 다른 얼굴 다른 모습뿐이야
다시는 나도 돌아가지 않아

너를 위해 더 이상 나 슬퍼지긴 싫어
무슨 말을 하는 거야
나는 너를 이해할 수 없어
이유 같지 않은 이유로
나를 설득하려고 하지 마
이젠 내 맘속엔 너의 자린 없어
모두 버린 거야
지금까지 내게 남겨진
슬픈 사랑의 모든 기억들

— 이유 같지 않은 이유 —

햇살이 한가득 파란 하늘을 채우고
눈부신 그대가 나의 마음을 채우고
어두운 날들이여 안녕
외로운 눈물이여 안녕
이제는 날아오를 시간이라고 생각해
꽃을 든 그대가 나의 마음을 채우고
향기가 한가득 하얀 도시를 채우고
꽃다운 내가 그대의 마음을 채우고
영원히 내 곁에
눈뜨면 언제나

그대의 미소가 나를 웃게 하지

— 헤이 헤이 헤이 —

창밖으로 하나둘씩 별빛이 꺼질 때쯤이면
하늘에 편지를 써
날 떠나 다른 사람에게 갔던 너를 잊을 수 없으니
내 눈물 모아서 하늘에
너의 사랑이 아니라도 네가 나를 찾으면
너의 곁에 키를 낮춰 눕겠다고
잊혀지지 않으므로 널 그저 사랑하겠다고
그대여 난 기다릴 거예요
내 눈물의 편지 하늘에 닿으면
언젠가 그대 돌아오겠죠 내게로
난 믿을 거예요 눈물 모아
내 눈물 모아

— 내 눈물 모아 —

너무 진하지 않은 향기를 담고
진한 갈색 탁자에 다소곳이
말을 건네기도 어색하게
너는 너무도 조용히 지키고 있구나

너를 만지면 손끝이 따뜻해
온몸에 너의 열기가 퍼져
소리 없는 정이 내게로 흐른다
— 찻잔 —

아직도 어두운 밤인가 봐
하늘의 반짝이는 별들이 내 모습을 가끔 쳐다보네
지금은 지나버린 바람이 쓸쓸하게 나를 감싸주네
언젠간 어렴풋이 기억이 나겠지만
어둠의 추억일랑 이제는 잊어야지
우리 이제 지난 얘기 불꽃처럼 날리우고
처음 보는 타인처럼 언젠가는 미련 없이
— 아직도 어두운 밤인가 봐 —

최다 1위!
최고 득표율!
락커 김경호의 고공행진이 이어진다…….

내 사랑 김경호

어제 크리스마스도 지나고, 오늘따라 이상하게 심란해서 백화점에 왔다. 딱히 살 것도 없이 그냥 여기저기 기웃대며 시간을 보내고 있는데 갑자기 클로즈업되는 뭔가가 있다. ……그릇! 언젠가 김경호가 그릇에 취미가 있다는 말을 언뜻 들었던 것 같다. 커피잔, 머그잔, 접시……. 몇몇 개의 그릇을 그의 취향일 듯한 걸로 심사숙고하여 고르고 또 골랐다. 그리고 쵸컬릿도 한 상자 샀다.

아침 일찍 일어나 꽃집을 여기저기 돌고 있다. 선물 보낼 때 책도 같이 넣고 싶은 충동이 일어서, 그리고 그 책에 이왕이면 손수 만든 책갈피를 꽂아 보내고 싶어서……. 가능한 꽃잎이 작고 앙증맞은 것으로 한 송이씩 사 모았다. 그리고 돌아가는 길에 한지도 사고 코팅필름도 샀다.

집에 들어오자마자, 꽃잎을 한 장씩 뜯었다. 그리고 한지 사이에 고이 고이 끼웠다. ……가만. 그런데, 위에 얹을 마땅한 뭔가가 없다. 너무 무거워도 꽃잎이 짓무를 텐데. 이리저리 둘러보다 얼핏 책장 한쪽에 꽂힌 준하의 시집에 눈이 갔다. 나는 그 얄팍한 시집을 꺼내 한지 위에 살며시 올려놓았다.

컴퓨터를 아무리 뒤져도 김경호 소속사의 주소가 안 보인다. 회사이름은 뜨는데……. 회사이름을 검색창에 찍어봐도 역시 안 잡힌다. ……이상하네. 임재범 소속사주소는 확실하게 뜨던데(소설 엔딩에 〈고해〉를 삽입하면서 임재범 씨에게 책을 보낸 적이 있었다)…….

할 수 없이 보디가드에게 문자를 보냈다.

— 김경호 씨 소속사 주소 좀 알아봐주라..

바로 답문이 왔다.

— 팬레터 보내려고? ㅋㅋ 얼레리꼴레리~

어째 좀 민망하다.

— 너, 자꾸 그러다가 맞는다..

잠시 짬을 두고 다시 들어오는 답문.

— 아마 방송국으로 보내는 게 나을걸. 소속사가 좀 엉켜서, 보내도 반송되는 경우가 많은가 보네.

꼬박 이틀이 지났다. 마음이 급해진다. 자고로 선물이란 연말에 받아야 제 맛인데 조금 우물거렸다간 내년에 도착할 것 같다. 밀려드는 조급함에 준하의 시집을 살짝 들어내고 접혀 있던 한지를 조심조심 펼쳐본다. ……아, 됐네, 성공이다! 꽃잎이 적당히 틀을 잡았다. 빛깔도 곱다. 중요한 역할을 해준 준하의 시집을 살짝 쓰다듬어 다시 책장에 꽂았다. 그리고 미리 준비했던 코팅필름 위에다 그 꽃잎들을 한 장 한 장 꽃다발 모양으로 옮겨 놓고 코팅작업을 했다. ……하아, 드디어 코팅 완료! 이번엔, 두 팔을 책상에 단단히 고정시키고 꽃잎들의 선을 따라 코팅필름에 가위질을 시작했다. 꽃잎으로부터 1.2미리 정도의 간격을 두고 천천히 천천히 아주 섬세하게……. 가위가 들어가기 힘든 부분은 커터칼을 이용해서 심혈을 기울였다(결국 왼쪽 엄지와 검지에 기어이 피를 보고 말았다). ……됐다! 책갈피 완성! 이건 내가 봐도 진짜 걸작이다. 흐뭇한 마음으로 책갈피에다 뽀뽀까지 했다. 흐흐흐흐. 그리고…… 내 책을 펼쳤다. 음…… 어디다 꽂을까. ……그래, 여기가 좋겠네. 나는 스스로 꽤 흡족히 여겼던 프롤로그 부분을 펼쳤다.

사랑이란 삶의 향연이다
그것이 육체적인 것이든 정신적인 것이든 그건 중요치 않다

초라하고 슬픈 것이라 해도 상관없다
단지 그 향연에 얼마나 집중했는지
그것만이 추억 속 풍요로움의 기준이 될 것이다
나는 몇 번의 향연을 치렀을까
스치는 인연 속에 쌓여가는 덧없는 향연들……

……헤헷, 그런대로 괜찮네. 책갈피를 혹시라도 빠지지 않게 단단히 끼웠다. 그리고 그 책갈피가 끼워진 책을 초콜릿과 그릇을 넣어둔 상자에 사뿐히 합류시켰다. ……그런데…… 아무래도 뭔가 석연찮다. 다짜고짜 물건만 덜컥 보내는 것도 예의가 아니다. 게다가 책까지 넣는데……. 잠시 고민하다가 손가락에 덕지덕지 반창고를 붙인 채 컴퓨터 앞에 앉았다. ……가만. 손으로 안 쓰고 이렇게 찍어 보내면 지난번 준하처럼 불쾌해하진 않을까. 평소 말짱하다가도 뭔가 하려고만 하면 이리 떨려오니……. 어떻게 변명을 해야 하나. 으음…….

편지를 쓰기 시작했다.

안녕하세요, 김경호 님..

(하필 손목을 좀 다쳐서 글을 못 쓰고 이렇게 키보드를 찍고 있습니다..^^;)

올해도 정말 막바지네요..

추운 날씨에 바쁜 일정 소화해내시느라 많이 피곤하시죠..

올 들어, 갑자기 님의 열혈팬이 되어버린 박삼교희라고 합니다..

소속사 주소를 몰라서 이렇게 방송국으로 보내드려요..

요즘.. 님의 화려한 컬러에 완전 '홀릭 상태'에 놓여 있습니다.. 방송 사이사이에서 느껴지는 님의 개성이랄까 인성이랄까 품성이랄까(딱 맞아떨어지는 단어가 잘 안 떠오르네요.. -.-a), 뭐 암튼...... 그래서.. 친하게 지내시는 듯한 동료 분들이 많이 부럽답니다..

늘 건강하시길, 행복하시길, 그리고 최상의 컨디션을 유지하시길 바래봅니다.. 기쁨 가득한 겨울 되세요..

......몇 번을 읽어봐도 참 유치하기 짝이 없다. 하지만 뭐, 더 이상 고상하게 쓸 재주가 없으니....... 에라, 모르겠다.

프린터에서 편지를 뽑아내고 서랍을 열어 봉투를 찾았다. ......어, 이거! 지난번에 동경 갔을 때 너무 예뻐서 사버린 봉투(일본사람들이 아주 특별한 일이 있을 때 쓰는, 일본 전통의 무지 화려한 장식이 달린)가 눈에 들어왔다. 그래, 이거야, 이거! 얼마 전에 집 공개했을 때 기모노 입은 일본인형이 보이던데, 분명 취향에 딱일 거야....... 은근히 흥이 나서 콧노래까지 부르며 끈으로 묶인 봉투를 풀어서 반듯하게 접은 편지를 넣는데, ……뭐야, 사이즈가 안 맞다. 푸우……. 다시 커터칼과 긴 자를 꺼내들었다. 그리고 편지지 양쪽을 1센티씩, 정교하게 베어냈다. ……드디어 나름 구색을 갖추었다. 상자를 테이핑하고 택배직원을 불렀다.

그나저나 한바탕 일을 치른 방안이 완전 난장판이다. 얄팍한 한지가 몇몇 장의 꽃잎을 껴안은 채 바닥을 기어 다니고, 코팅필름의 조각들이 여기저기서 반짝이고, 가위며 커터칼이며 테이프 등의 문구용품이 뒹굴고, 뽁뽁이포장비닐이 수북이 쌓여 있고…….

지금쯤 주인을 찾았으려나……. 상자의 행방이 궁금해죽겠다. 만약 유실되기라도 하면……. 아니, 안 되지. 얼마나 심혈을 기울여 만든 책갈피인데……. 게다가 책도 들었고 편지도 들었다. 다른 누가 보면 절대로 아니 될 일……. 괜스레 앉았다 일어섰다 하다가 결국은 신경안정제를 먹었다.

우리 가수 흉보지 마

1월 1일 일요일.

새해 첫날을 '나가수'와 함께했다.

그러려고 그랬어 돌아가려고
너의 차가움엔 그래 다 이유 있었던 거야
나를 만지는 너의 손길 없어진
이제야 깨닫게 되었어 내 맘 떠나간 것을
설마 하는 그런 미련 때문에
그래도 나는 나를 위로해
나 이제 이러는 내가 더 가여워
이제라도 널 지울 거야 기억의 모두를
이제 다시 사랑 안 해 말하는 난 너와 같은 사람
다시 만날 수가 없어서 사랑할 수 없어서

바보처럼 사랑 안 해 말하는 널 사랑한다
나를 잊길 바래 나를 지워줘
제발 지금 내가 바라는 하나
내 얘길 너무 쉽게 하지 마
차라리 나를 모른다고 말해줘
시간 지나 알게 될 거야 내 사랑의 가치를
내가 없는 내가 아닌 그 자리에 사랑 채우지 마
혹시 만날 수가 있다면 사랑할 수 있다면
아프잖아 사랑한 널 지켜보며 사랑한다
그 말 한마디를 하지 못해서

— 사랑 안 해 —

언제나 그러하듯 또다시, ……헐…….

근데, 그나저나 저 자문위원인가 뭔가 하는 사람들은 도대체 왜 저리 잘난 척들 하는 거지. 매번 노래가 끝날 때마다 꼭 하나씩 번갈아가며 부정적인 말을 해댄단 말이야……. 오늘도,

— 뭐? 김경호가 왜 이 노래를 선택했는지 모르겠다고?

(니가 그건 알아서 뭐하게!)

— 혼돈되게 들렸다고?

(어지러우면 우황청심환이라도 먹지!)

— 가사가 하나도 안 들렸다고?

(귀 좀 후벼라!)

— 아쉬웠다고?

(그럼 니가 한번 불러보든가!)

그리고 청중평가단, 쟤들은 또 뭐야. 김경호가 무조건 지네들 흥겹고 신나게 만들어주기만 바라나? 얌전한 곡 부르면 성에 안 차나? 딱 보니 평가할 자격들도 없구만. ……어중간한 순위에 그만 미열이 오른다.

오랜만에 이메일 확인에 들어갔다.

……뭐야, 정초부터 또…….

* 이번 토요일(1/7) 저녁 여섯 시부터 무조건 기다리고 있겠습니다. 오실 때까지…….

소설 마니아들의 모임에 속해 있다는 한 남자의 메일. 친구 몇 명과 함께 꼭 만남을 가지고 싶다고 벌써 두 달째 조르고 있다. 오늘은 조르다 못해 아주 떼를 쓰고 있다. 어쩌지, 진짜 몇 시간씩 기다리면……. 그래도 딸랑 한 권짜리 작가에게 '팬' 이라는 단어를 사용해주는 고마운 존재인데…….

보디가드에게 연락했다.

"알았어, 누나. 확실하게 보디가드 해줄게. 히히히."

약속장소에 나왔다. 한쪽 구석에 우글우글 앉아 있는 남자 넷이 눈에 들어온다.

……대충 식사도 하고 맥주도 마시고 하다 보니 그럭저럭 분위기가 말랑말랑해졌다. 소설이니 뭐니 이런저런 얘기들을 하다가, 한 남자가 뜬금없는 말을 꺼낸다.

"저기, 박철 관련 루머 땜에 속 많이 상하셨겠어요."

사실이냐 아니냐를 묻는 듯 들렸다.

"……그렇죠 뭐."

맥주잔에 콜라를 가득 부어 마시고 있던 보디가드가 잔을 내려놓더니 트림을 하며 열변을 토하기 시작했다.

"그게요, 실은 좀 알고지내는 동생이 있는데, 그 녀석이 뭔가 심사가 뒤틀려서는 여기저기 엉뚱한 제보를 했더라고요. ……내참. 잡지게시판에다 글을 올려놓지를 않나……."

"아, 그거, 저도 봤어요. 거, 무슨 잡지더라, 여성지였던 것 같은데."

가만 듣고 있던 한 남자가 고개를 갸웃거리며 대화에 끼어들었다.

"왜 하필 잡지게시판에다?"

"글쎄. 소문 퍼지는 데는 여자들 입이 빠를 거라 생각했나 보죠 뭐."

"음……. 듣고 보니 일리 있군요. ……참, 그나저나 작가님은 어떤 남성상이 이상형이세요?"

"후훗. 글쎄요……."

그냥 웃어넘기려는데, 또 보디가드가 타석에 들어앉았다.

"김경호요, 김경호!"

"가수 김경호? 락을 좋아하시나 보죠?"

"아니요, 우리 누님은 원래 트로트……."

보디가드의 옆구리를 있는 힘껏 찔렀다. 그리고 말했다.

"원래 장르를 안 가려요."

잠깐 날 보며 '치잇', 하는 표정을 짓던 보디가드가 찔린 옆구리에 손을 갖다 댄 채 내 근황을 생방송한다.

"암튼, 요즘 선물 보내고, 편지 쓰고, 아주 생난리가 났다니깐요. 완전 10대예요, 10대!"

……어휴……. 쪽팔려죽겠네. 내가 저걸 보디가드라고 믿고…….

한 남자가 다시 물어온다.

"김경호, 그 사람 어디가?"

이왕 말 나온 거, 간단히 대답했다.

"그냥, 전부 다요."

가만있을 보디가드가 아니다. 사람 환장할 만큼 적극적으로 돕는다.

"예쁘고 멋있고 노래 잘하고……. 김경호 노래 들으면 스트레스가 다 날아가 버린대요. 찬찬하고 깔끔한 성격도 자기랑 완전 맞아떨어진다나 뭐라나……. 참, 엊그제 화장품도 김경호가 쓰는 걸로 바꿨어요. 크크크."

다시 몇 개의 질문과 답이 오갔다.

"혹시 팬클럽 회원?"

"아뇨. 이 나이에 무슨……."

"팬클럽에 나이제한 없을걸요? 하하핫."

"……."

"그 남자, 어떨 땐 여성스럽고 또 어떨 땐 무지 상남자잖아요. 어떤 쪽……?"

"뭐, 어느 쪽이든……."

"어디가 매력 포인트?"

입에서 '배려'라는 단어가 맴돌았다.

"김경호 씨는…… 늘 상대를 우선하고 상대의 입장을 먼저 생각하는 게 눈에 보이니까."

"근데 말이죠, 원래 연예인이라는 게…… 전부 컨셉으로 움직이는 집단인지라……."

"아마 락커한테는 해당 안 되는 얘기일걸요."

"에이, 락커는 연예인 아닌가요, 어디……. 특히나 김경호는 이중컨셉 같기도 하고…….”

“제 눈에, 김경호 씨는 순수 그 자체던데요.”

기분이 있는 대로 구겨진다. 시간도 꽤 지났다. 보디가드의 허벅지를 툭, 치면서 일어섰다.

“저기, 가봐야 할 데가 있어서요.”

이번엔 보디가드도 제대로 맞장구를 친다.

“아, 맞다, 맞다! 누나, 늦겠다, 빨리빨리…….”

돌아오는 길에 보디가드가 제안해왔다.

“누나, 우리 팬클럽 가입하자.”

“관둬. 다 늙어서 채신없이 애들하고 우르르 몰려다니게?”

“아까 그 사람 말, 못 들었어? 나이하곤 상관없어. 그리고 애들이랑 몰려다닐 일도 없고.”

“회원 되면 단체행동에도 적당히 참여해야 되는 거 아냐? 자꾸 빠지면 욕먹을걸.”

“으이그. 이럴 땐 꼭 외계인 같다니깐.”

…… ‘외계인’, 예전에 친이 한 번씩 사용했던 단어다. 미간에 잠시 힘이 들어간다.

“됐어, 시끄러!”

“그러면…… 팬카페는 어때?”

“……그건 또 뭔데.”

"그냥 모임이야. 인터넷 상에서 팬들끼리 서로 교류하는……. 누나 같은 어르신께는 아무래도 그 쪽이 낫겠다!"

"너 자꾸 까불래."

"몰라, 알아서 해. 난 오늘 가입해버릴 테니까!"

8일 일요일.

> 멀리 기적이 우네 나를 두고 멀리 간다네
> 이젠 잊어야 하네 잊지 못할 사랑이지만
> 언젠가는 또 만나겠지 헤어졌다 또 만난다네
> 기적소리 멀어져가네 내님 실은 마지막 밤차
> 멀리 기적이 우네 그렇지만 외롭지 않네
>
> — 밤차 —

김경호의 노래와 댄스로 꿀꿀함을 날려버리고 아주 즐거운 저녁시간을 보낼 수 있었다.

"그나저나 진짜 신기하네. 다소곳하기 짝이 없다가도 노래만 부르면 저렇게 힘이 넘치니, 꼭 다른 사람 같애. 그치?"

가만 보아 하니 드디어 엄마도 김경호의 블랙홀에 근접했다. 나도 모르게 풋,하니 웃음이 나온다.

팬카페와 공홈

오늘은 '나가수' 15라운드 중간점검. 꽤나 마음 편하게 즐기고, 컴퓨터 앞에 앉아 김경호에게 선곡된 〈걸어서 하늘까지〉를 검색해봤다. 그리고 박완규가 부르게 된 〈하망연〉도 검색해봤다. ……어째 좀 불안하다. 〈하망연〉의 가사가 마음에 너무 애절하게 꽂힌다. 멜로디도 가슴을 후벼 판다. 박완규 목소리와 꽤나 어울릴 듯도 하고. ……흐음……. 이 노래를 이겨내려면……. 마치 김경호의 편곡멤버라도 된 듯 밤늦도록 이래저래 고민을 했다.

새벽 두 시. 〈걸어서 하늘까지〉를 흥얼거린다. ……가만. ……이게 뭐야……. 트로트인지 엔카인지 헷갈리는 편곡을 해버렸다. 쩝…….

결국…… 보디가드의 추임새에 힘입어 머뭇머뭇 주저주저

김경호 팬카페(김경호를 사랑하는 사람들)에 가입했다. 닉네임은 이메일주소 ID로 사용하고 있는 samgyohee로 썼다가 삼교희로 고쳤다. 가끔 김경호가 들어와 볼 텐데 한글로 적어둬야 그나마, 혹시라도, 좀 알아봐주지 않을까 하는 촌스러운 나대기 심산으로.

가입완료와 동시에 메시지가 떴다.

* 가입인사 나눠보세요.

……가입인사라, 뭘 어떻게 적어야 하나……. 아무리 생각해도 머리에서 서른 몇 자밖에 안 나온다.

— 안녕하세요, 가입인사 드립니다.. 글을 좀 끼적거리고 있는 노처녀죠.. 암튼 반갑습니다..

일단 가입인사를 해두고는 이것저것 클릭해보고 있는데, 언뜻 '노처녀'란 단어가 걸린다. ……안 되겠다, 그 말은 지워야지.

……어?

수정하려고 열어본 내 가입인사 밑으로 고단새 댓글이 줄줄이 달려 있다. 그런데, '반갑습니다' '어서오세요' '환영

합니다' 라는 대부분의 댓글 중, 유독 눈을 끄는 몇 개가 있었다.

＊ 요즘 작가분들이 많이 들어오시네요. 좋은 현상임다~ ^^
＊ 엥? 그 소설가이신가요? 안 그래도 궁금했는데, 반갑습니당.
＊ 우왓! 용감무쌍하신 분이네요. ㅎ
＊ 작가분이신가 보쥬. 담엔 우리 경호오빠도 주인공으로 좀 등장시켜주세유. 저희들 얘기까지 두루두루 함께 써주시면 완전 감사!!! ^^

……작가들이 많이 가입했다구? 누구누구지?
'그 소설가' 라? 다른 작가랑 헷갈렸나.
'용감무쌍' 이라니, 뭐가?
소설의 배경을 이 팬카페로 잡아보라? ……흣. 그것도 꽤 재밌겠네.

잠깐 갸웃했다가 피식 웃으며 '노처녀' 라는 단어를 지우고 나왔다. 다시 여기저기 들어가 보고, 읽어보고……. 한참을 놀이터에 온 듯 휘젓고 다니는데, ……! 한쪽에 '김경호공식홈페이지' 라는 글이 내 동공에 비친다. 빛의 속도로 클릭했다.

우와……. 무지 강렬한 사진과 함께 콘서트일정이며 이런 저런 정보들이 가득하다. 내친 김에 여기도 가입했다. 역시 한글이름으로.

가입완료. 여기서도 메시지가 뜬다.

* 가입 기념으로 글을 남겨보세요.

메시지 창에 놓인 '글쓰기'버튼을 눌렀다. 화면에 하얀 공 페이지가 실린다. 홈페이지의 주인인 김경호에게 글을 쓰기 시작했다.

안녕하세요, 김경호 님..

새해복은 많이 받으셨겠죠?

올 한 해, 건강과 행운과 성취가 함께하시길 기원합니다..

오늘, 팬카페랑 공식홈페이지에 가입했습니당~ 님과 아주 가까운 곳에 있는 듯, 상당히 묘한 느낌이네요.. ^^;

지난번엔 무거운 상자, 뜯느라 힘드셨죠? 아무래도 그릇이다 보니 불안해서 또 싸고 또 싸고.. ㅋ 그냥, 님의 취향에 가깝지 않을까 해서 골라본 건데, 맘에 드셨는지 모르겠어요.. ㅎ

어찌어찌하다 보니 님에 대해 잘 모르고 지내왔는데 '나가수' 덕에 님을 알게 되어, 상당히 늦긴 했지만 그래도 그나마 다행이고 기쁩니다..

추운 날씨에 감기 조심하시고 잘 챙겨 드시고 최고의 컨디션 유지하시길 바래요.. 그리고.. 분명코! 명예졸업, 아주 여유롭고 가뿐하게 해내실 거예요!!!

ps. 그나저나 '나가수', 명예졸업 하시고 나면 일요일을 무슨 재미로 보낼까 벌써부터 걱정입니다.. 몇 안 되는 음악프로들은 물론이고, 부디 영화나 드라마나 시트콤이나 CF 등으로도 화면 가득 님의 모습이 비춰지길 멋대로 바래봅니다...... ^^

혹시 오자는 없나 띄어쓰기는 잘 됐나 검토하고, 확인버튼을 눌러서 제대로 올랐는지 체크했다. ……그나저나 과연 답글이 달릴까. 만약 달린다면 언제쯤일까. 한창 바쁠 테니 좀 오래 걸리려나. 잠깐, 설마 매니저가 대신 답하는 건 아니겠지. '반갑습니다', 딸랑 한마디라도 직접 찍어주면 좋겠는데…….

"또 글 쓰니?"

"핫, 깜짝이야. 엄마, 노크 좀 해. 노크 좀!"

"애도 참. 몇 번을 불러도 답이 없길래 와봤구만서도……."

"……근데 왜."

"밥 먹으라고, 밥!"

저녁을 먹고 드라마도 좀 보고, 커피 한 잔을 타들고 방으로 들어왔다. 그리고 고독한 커피타임을 김경호의 노래로 채운다. 오늘따라 〈She's gone〉이 유독 땡긴다. 그 한 곡만 듣고 또 듣고…….

She's gone out of my life
I was wrong
I'm to blame
I was so untrue
I can't live without her love In my life
There's just an empty space
All my dreams are lost
I'm wasting away
Oh forgive me girl
Lady, won't you save me
my heart belongs to you
Lady, can you forgive me for all I've done to you
Lady Oh Lady

She's gone out of my life
Oh she's gone
I find it so hard to go on
I really miss that girl my love
Come back into my arms I'm so alone
I'm begging you
I'm down on my knees
Oh forgive me girl

알 수 없는 힘이 나를 책상 앞에 앉혔다. 그리고 컴퓨터를 켜게 만든다. 나는 검색창에 '김경호', 석 자를 찍어 넣었다. 그리고 내가 가입했던 카페를 거쳐 곧바로 김경호공식홈페이지에 들어갔다. 그런 다음, 아까 썼던 편지를 열어본다.

……!

이건……. 얼굴이 화끈거리기 시작했다. 김경호의 답글은 고사하고, 여러 사람들의 댓글만 줄줄이 달려 있다. ……이게, 공개되는 페이지였나? 내가 뭘 잘못 건드렸나……. 귓불이 달아오르는 것을 느끼면서 달려 있는 댓글들을 읽었다.

* 가입 추카추카! 모두들 같은 마음입니다. 한 주의 시작 자알 하시고 홈에서 자주 뵈어요~ ㅎ

* 반깁니당 ^^ 근데 혹시 작가세요??? 저 아래, 머털님이 언급하신 이름이라서……

* 검색해서 사진 봤네요. 방가방가!!

* 우와~ 너무너무 반갑습니다. ^^ 매일매일 오셨음 좋겠어요~~

* 환영합니닷! ^^ 이름이 특이하시네여. 기억에 더 잘 남을 듯.... ㅎㅎ

* 용기 대단하신 분이네요. 가입 축하드립니다. 책을 잘 안 읽어서 잘은 모르지만 상당히 유명하신 분인가 봐요. 아주 반갑고요, 작가님도 이곳에서 우리 경호님과 함께하는 즐거움을 맘껏 나누시길 바랍니다.

* 오호~~ 삼교희님, 가입하셨네요? ㅋㅋ 제가 쩌~그 아래, 님 글 올렸는데. ㅎㅎ 우리 경호님 흐뭇하시겠네요, 방갑습다~~

* 환영해요, 우리 경호오라버니 마니마니 사랑해주세요. 잘 부탁드릴께요. 작가님 글을 공홈에서 보니 더 신기하고 반가워요옹.

……도대체…… 이게 뭔 애기들이야.

머털 님이 언급한 이름?

날 검색했다고?

용기? 카페에서도 누가 그러더니…….

상당히 유명? 내가? 허참…….

잠깐, ……뭐? 쩌~그 아래, 내 글?

공홈? ……공식홈페이지의 약자?

일단 제일 신경이 쓰이는, 그 머털 님의 글을 목록에서 찾았다.

〈 일반인들은 우리 경호님을 이렇게 질투한다! 〉

김경호연관검색에 오른 글인데요,

결론은, '김경호 니가 젤 잘나가~' ㅋㅋ 그래서 같이 보자고 올립니다.

우리 경호님도 보시면 빙그레 하실 듯.

겉보기에 얌전하고 조용한 분들 중 의외로 숨은 팬 무지 많다는 걸 아시나요, 저도 그중 1인! 크허허헉 ㅋ

자, 내용은 이러이러합니다요!

《〈 김경호를 좋아하는 여인을 〉》

며칠 전 나를 포함한, 박삼교희 작가를 좋아하는 친구 넷이서 몇 달간의 끈질긴 구애 끝에 그녀와의 조촐한 만남을 가졌다. 시커먼 남자 넷이 부담스러웠던 걸까, 친구 한 명을 데리고 나온 그녀. 거의 화장기 없이 나온 그녀의 자연스러움이 아주 마음에 들었다. ㅋㅋ. 암튼 이런저런 질문, 책의 내용이나 등장인물이나 메시지나, 뭐 그러그러한 것들을 얘기하다가……

좋아하는 남성상을 슬쩍 물어봤다. (실은 가장 궁금한 내용이었음. ^^;) 그런데, 헐~~ 세상에, 세상에, 또 세상에, 그녀의 입에서 '김경호' 라는 이름이 튀어나왔다. 무슨 이런 말도 안 되고 천지개벽할……. 아주 조용한 발라드나 클래식을 즐길 것만 같았던, 정적인 느낌의 그녀가 락커를 좋아하다니. -.-; 다시 물었다, 어디가 좋냐고. 그랬더니 김경호의 노래를 들으면 스트레스가 풀린다나 뭐라나. 그리고 찬찬해 보이는 성격이 마음에 든단다. 하긴 그 점은 이해가 갔다. 그녀가 약간의 결벽증이 있음을 이미 알고 있었던 터, 어지르지 않고 정리정돈 잘할 듯한 김경호의 반듯함이 상당히 어필되었을 테니. 하지만 외모, 그 기나긴 머리와 웬만한 여자는 상대도 안 될 듯한 그의 캐릭터, 그건 어떠냐니까 내참. 그냥 다 예쁘고 좋아 보인단다. 정말이지 취향 한번 죽여준다. 솔직히 김경호에게 여성팬들이야 무지 많겠지만 김경호처럼 해 다니는 남자랑 사귀라면 다들 고개를 저을 텐데(물론 진짜 김경호라면 단체로 거품 물고 달려들겠지만서도. 쩝!). 게다가 유명인은 그냥 이름 석 자로 얘기하는 게 보통일진대, 그녀는 김경호의 이름 뒤에 꼬박꼬박 '씨'라는 호칭을 덧붙였다. 김경호 말만 나오면 눈을 반짝이며 '김경호 씨', '김경호 씨', 정말이지 미치고 환장하고 팔짝 뛰어버릴 것만 같았다. (김경호의 팬들께는 죄송!!!)

맥주에 뜬 소복한 거품이 좋다는, 화장품도 김경호가 쓰는 걸로 바꿨다는 그녀에게 나는 시종일관 숟가락으로 거품을 퍼주며 시간을 보냈다. 두 시간 남짓 함께하다가 모질게 일어서버리는, 비정하기 짝이 없는 그녀에게(함께 술까지 마셨건만 폰번호도 안 가르쳐주고, 연락할 일 있으면 언제나처럼 이메일을 보내란다), 암튼, 최소한, 일 년에 한 번은 시간 낸다는 약속을 거의 억지로 받아내고 그녀와 그녀의 친구를 얌전히 돌려보냈다. 그리고 우리 넷은 포장마차에 들러 다시 소주로 속을 달랬다. 김경호, 김경호, 김경호! 내가 김경호라면 얼마나 좋을 것인가. 원래 김경호를 싫어하지도 않았고 그의 음악성도 충분히 인정하고 있었던 나였으나, 그날부로 나는 김경호의 안티가 될 수밖에 없었다. 삐쩍 마른 체형에 허리 움직임은 밸리댄서보다 더 유연한 남자. ㅋ. (김경호 팬들께 또 한 번 죄송!!!)

그나저나 요즘 들어 너무도 궁금한 게 있다. 가끔 보면 유명인들 중에 그 팬이랑 사귀거나 결혼하거나 하는 사람들도 꽤 있던데, 어떻게 그게 가능한 걸까.

여자 분들께 묻고 싶습니다. 드라이아이스 같은, 취향 죽이는, 이런 타입의 여인에게 먹힐 아주 아주 기발하고 근사한 방법, 혹시 아는 분 안 계십니까. 특히, 그녀와 조금이라도 연줄 있는 분들의 조언이라면 더 좋겠습니다만. 친구 녀석이 그러더군요, 김경호에게 보내줄 수 있도록 김경호에게 어울릴 만한 스웨터나 스키니 등을 보급하고, 콘서트티켓은 따박따박 구해서, 그것도 2장씩 건네고, 그리고 그녀보다 더 김경호를 좋아해야 하고, 김경호의 노래는 무조건 다 외우고, 등등등. 헥헥헥. 그런데 말입니다. 하나 걸리는 게 있습니다. 만약 그렇게 한다면 그녀가 더더욱 김경호에게만 빠져들고 모든 남자를 김경호와 비교하는, 야릇한 현상이 생기지는 않을까요. 그리고 또 하나, 중성적인 남자를 좋아하는 여자는 레즈비언 기질이 다분하다는 말, 그건 사실인가요(만약 그렇다면 다시 생각해보려고 -_-;;).

ps. 이 글은 김경호나 박삼교회를 비하하려는 의도는 전혀 없습니다. 오해 없으시길. ^^

……어질어질, 어지럽다. 손끝도 저리다. 도대체 이걸……. 숟가락으로 거품 퍼줬다는 남자의 얼굴이 설핏 떠올랐다. 갑자기 속에서 게거품이 부글부글 끓어오른다.

본능적으로 아래의 댓글에 눈이 갔다.

* 가만, 내용 속의 '나' 는, 혹시, 머털님 아니시죠??? ㅋㅋ

* 경호님. 기분 좋으시겠쑤!

* 경호짱 죠케따! 부러워서 궁시렁궁시렁~ ^^

* 어? 저 위에 삼교희님이라고 가입인사 하시던데……

……이거, 완전히 발등에 불 떨어진 기분……. 일단 급한 불부터 꺼야지. 그 밑에 댓글을 달았다.

— 머털 님.. 무지무지 죄송합니다만, 지워주시면 안 될까요.. 좋은 뜻으로 올려주신 건 충분히 알겠는데 너무 민망해서……

그리고, 목록으로 돌아가 다시 내 글을 찾았다. 페이지가 열림과 동시에 재빠르게 삭제버튼을 누르려는데, 어? 얼핏 새로 달린 댓글이 눈에 띄었다. '파도' 라는 닉네임,

* 반갑습니다. 근데, 님. 너무 티나요. 날짜계산 같은 거 좀 하시지 그랬어요. ㅋㅋ

……날짜, 계산? ……순간, 그 단어의 의미하는 바가 머리를 스치고, 피가 거꾸로 솟는다. 딱하니 사람 병신 만드는 내

용이고 말투다. ……조건반사인가. 나는 또 보디가드를 찾았다.

"어, 누나. 안 그래도 전화하려던 참이었는데. ……저기, 공홈에 누나가 올린 글 말야……."

"알아. 그거 땜에 전화했어."

"봤구나. ……하여간 그 미친놈이……."

"후우……."

"그러게, 대체 어쩌자고 이름을 그대로 써?"

'용기'니 '용감'이니 했던 댓글들의 의미가 제대로 와 닿는다.

"……그냥……."

"저기, 이번엔 아무래도 누나가 좀 나서야 할 것 같은데."

"……내가?"

"응. 카페랑 공홈만큼은 누나가 처리하는 게 좋겠어."

"뭘 어떻게……."

"그러니까 말이야……."

"……아, 아냐, 됐어. ……나, 그냥 탈퇴할래."

"그건 안 돼, 누나."

"왜."

"꼬리 남겨놓고 도망치는 꼴이잖아, 도마뱀처럼."

"……."

"암튼 다른 건 내가 지난번처럼 쓸어볼 테니까. 누난 일단 그 글……."

"그래, 지우긴 지워야겠는데 이 파도라는 양반……."

"지워? 뭘? 그거, 지우면 안 돼!"

"왜."

"조회수 한번 봐봐. 이미 많이들 읽었어. 지금 삭제하면 완전 병신 되는 지름길이야."

"……."

"그러니까, 일단은 그 악플에다 반박하는 내용의 댓글을 달아. 그리고 그 담에는…… 그래, 맞다! 게시판에서 그 악플 단 사람 공개수배하고."

"공개수배?"

"'파도 님을 찾습니다' 라는 제목으로 게시글을 올리는 거지."

"……?"

"모르겠어? 그래야 누나 글 보면서 파도가 쓴 댓글까지 읽어버린 사람들에게 동시 해명할 기회가 생기잖아. 아무 생각 없던 사람도 그런 댓글 읽고 나면 정말 그런 건가, 생각하게 된단 말야. 그리고 솔직히, 파도랑 비슷하게 생각할 사람이 얼마나 더 있을지도 모르는 일이고……. 파도란 인간, 꼬집어주는 것까지 생각하면 일석삼조지."

"사람 너무 민망하게 만드는 거 아닐까……."

"그 파도가 달아놓은 댓글, 벌써 까먹었어? 그리고 민망하긴 뭐가 민망해, 어차피 닉네임으로 들어와 있는 사람인데. 아마 조만간 닉네임 바꿀걸."

"그래도…… 혹시 뒤탈 있으면 어떡해."

"알았어, 참고할게. 암튼 문자로 내용 넣어줄 테니까 그대로 적어."

보디가드로부터 문자가 들어왔다. 급하다. 무슨 말이 어떻게 돌았는지, 조회수가 엄청난 속도로 불어나고 있다. 들어온 문자대로 무작정 키보드를 찍는데 평소보다 손이 더 떨린다. 자꾸만 오타가 발생한다.

이윽고 '파도' 의 댓글 밑에,

— 파도 님!!! 이런 얘기 나올 줄 알았습니다.. ㅋ.. ㅉ.. 안 그래도 가입하자마자 이런저런 댓글이 줄줄이 달려서 무지 황당했고 그래서 한 달쯤 더 있다가 가입할 걸, 하고 후회하고 있었습니다.. 일단 문제의 게시글은 머털 님께 삭제 부탁드렸습니다..

그리고 몇 말씀 드리자면, 제가 아무리 머리가 나쁘다 한들 만약 파도 님께서 생각하시는 바대로라면 그런 단순계산쯤 못하겠습니까.. 태어나서 처음으로 해보는 경험, 기분 좋게 시작하고 싶었는데 이런 말씀 들으니 상당히 힘드네요......

다음은 새로운 글쓰기,

〈 파도 님을 찾습니다! 〉 — 이글은 파도 님만 읽어주시길 바랍니다..

파도 님!

가입기념으로 올린 제 글에 달아두신 댓글, 그 밑에 제가 다시 한 말씀 덧붙여두긴 했습니다만, 아마도 다시 그 글을 펴보실 일이 없을 듯하여 이렇게 따로 글을 올립니다..

간단히 말씀드리겠습니다..

까마귀 날자 배 떨어진다는 말의 뜻을 한번 생각해봐 주셨으면 좋겠네요..

……하아, 한숨이 절로 나온다. 머리를 흔들며 현기증을 쫓으려는데 보디가드로부터 다시 전화가 왔다.

"누나, 다 했어?"

"응."

"근데 좀 웃겨."

"뭐가."

"작가님께서 내 글을 카피하다니……. 크크."

"……웃지 마. 넌 지금 웃음이 나오냐."

"뭐 그냥……. 히히히."

"……저기, 파도만 읽으라고 써놓으면 사람들이 더 읽어보진 않을까, 궁금해서."

"그건 우리가 알 바 아냐. 어찌됐든 형식적으로나마 파도를 배려해주긴 했잖아. 그걸로 된 거지 뭐."

"……."

"참. 있잖아, 그 자식 진짜 정신 나간 놈이던데."

"……?"

"글쎄 '지식인' 에도 올려놨어, 그 글을."

"뭐? 그게 어떻게 지식인에 올라가?"

"지식인 '고민상담 Q&A' 에다가!"

"허! 그거 진짜 미친놈 아냐?"

"그러게. 폐쇄병동에 들어갈 자격 충분하지? ……암튼 걱정 마. 벌써 신고해뒀으니까."

"신고? 어디다?"

"풋. 누나, 진짜 어느 별에서 떨어진 거야?"

"그 말은 또 왜 꺼내."

"지식인 안에 신고기능이 있어. 타인비하라든지 홍보라든지 하는 불순한 의도로 올린 글을 처리하기 위해서. 근데, 그걸 모른단 말이야?"

갑자기 무지 무식해진 느낌이다. 태연스레 변명했다.

"……그게, 내가 지식인 사용할 일이 어디 있어야 말이지."

"하여간."

"그나저나…… 안 그래도 레즈 관련 책을 냈는데, 레즈비언 어쩌구 하는 말이 적혔으니 어쩌지. 이거, 이러다 진짜 레즈로 찍히면 어쩌냐, 아직 시집도 안 갔는데."

"언젠, 평생 결혼할 생각 없다며?"

"그거야……."

"칫. 그래도 처녀귀신 되기는 싫은가 보네."

"흠,흠, 암튼, 쪽팔려죽겠단 말야! 김경호 씨 이름만 나오면 눈을 반짝인다느니, 결벽증이 있다느니, 나 땜에 지가 김경호 씨 안티 됐다느니, 화장품도 김경호 씨 쓰는 걸로 바꿨다느니, 드라이아이스 같다느니……."

"틀린 말 하나도 없네 뭐. 크크."

"……쩝. ……그래, 그렇다 치자. 근데, 지가 우러나서 선심 쓰듯 거품 펴줘 놓고 왜 그딴 식으로 쓰냐 말이야. 내가 언제 펴 달랬어? 누가 보면 내가 남자들 맥주거품이나 뺏어 먹는 여자로 보이지 않겠냐구!"

"내참. 거품만 쏙쏙 빨아 마시면서 남자들한테 '전 원래 거품을 좋아해서요' 어쩌고 하면, 그게 거품 펴 달라는 말이랑 뭐가 달라? 더 하면 더 했지."

"……."

"푸훗. 그만 좀 쌕쌕거려. 귀에 태풍소리 울린단 말이야."

"……너, 자꾸 그러면 같이 안 논다."

"헤헤헤."

"암튼, 이건 분명히 나 물먹이려고 한 짓이야."

"응? 그 인간, 진짜 누나 좋아하는 것 같던데?"

"아냐. 다른 남자 좋아한다고, 폰번호 안 가르쳐줬다고, 지금 저주하고 있는 거야. 안 그렇다면 굳이 왜 내 이름까지 썼겠냐구."

"그런가……. 사람 엿먹이려고 그딴 짓을……."

"……진짜 돌아버리겠다……."

"참. 누나, 그 자식 이메일주소 좀 가르쳐 줘봐."

"왜. 삭제 요구하게? 신고도 해뒀다며."

"이게 말야. 박철 때하고는 상황이 달라. 웹에도 뜨는데……."

"웹?"

"응. 거 왜, 지난번에 정애가 글 올렸던 잡지게시판……."

언뜻, 그날 저녁 잠깐 박철 얘기가 나왔을 때 '여성잡지게시판' 이란 말에 유난히 고개를 끄덕이던 그 인간의 면상이 떠올랐다.

"근데……?"

"내참. 기가 차서……."

"왜."

"여기저기 올리면서 계속 업데이트까지 한 것 같더라구. 조금씩 고치고 다듬고, 덧붙이고. 이러다 어디까지 갈지 모르겠어."

"……."

"하여간 이번엔 지난번처럼 게시판에 반대의견 하나 딸랑 달아두는 거 가지곤 씨알도 안 먹힐 것 같아. 김경호가 어디 보통 인물이라야 말이지."

"하긴."

"정애야 말이 안 통했으니까 어쩔 수 없었지만 그래도 그 자식은……."

"알았어. 메일주소 찾아볼게."

"그래, 바로 문자 넣어줘. 사람들이 여기저기 퍼가기 전에 후딱 해치우자. 나만 믿어, 알았지?"

"후유……."

……그래도 박철 해프닝 때는 몇 안 되는 블로그에 삭제부탁하는 비밀댓글이나 좀 달고, 정애 글이 올라 있는 잡지게시판에 반대되는 내용의 글 하나 올린 것으로 충분했었는데…….

"에이, 너무 걱정 마. 누나가 제대로 실린 게 아직은 네이버뿐이잖아. 그리고 다들 검색은 주로 네이버에서 하니까 네이버만 잘 잡아도 괜찮을 것 같애."

언뜻 무슨 말인지 잘 와 닿진 않았지만 암튼 일이 수월할 수도 있다는 뜻으로 들렸다.

"아참. 근데, 누나 비밀번호가 어떻게 돼?"

"……응?"

"ID, samgyohee에 쓰이는 패스워드 말이야. 좀 가르쳐 줘. 필요해서 그래. 그리고 주민등록번호도!"

도무지 잠이 안 온다. 수면제를 몇 알씩 먹었건만. ……다시 일어나 컴퓨터를 켰다. 머털 님의 글이 삭제됐는지, 파도가 내 게시글에 어떤 답이라도 달아뒀는지, 체크하고 또 체크하고……. 여전히 아무런 반응이 없다. 사람들의 조회수는 점점 늘어만 가는데…….

보디가드의 문자,

— 누나. 그 자식이 게시글 전부 내리겠대! 내가 협박을 좀 했거든. ㅋㅋ 그리고 지금 몇몇 개, 퍼 흩어진 것들도 일단 다 삭제요청 해뒀어. 조금 있다 전화할게! 화장실이 급해서. ㅎ

가만있지를 못하고 공홈 안에서 뱅글뱅글 돌다가 네이버

홈으로 나왔다. 그리고 내 페이지를 열었다. 언뜻언뜻 눈에 들어오는, 김경호와 내 이름이 함께 뜨는 글들을 하나씩 열어봤다. 그리고 다시, 이번엔 검색창에 그와 내 이름을 동시에 찍어서 찾아봤다. ……과연…… 보디가드다. 전부 다 비밀댓글이 하나씩 붙어 있다, samgyohee라는 이름으로. ……잠깐, 그나저나 지금 보디가드가 내 패스워드를 쥐고 있는데, 혹시라도 메일함을 열어보면 어쩌지. 교양 있는 척, 내숭 작렬하는 글도 꽤 있는데……. 나는 쏜살같이 내 메일함으로 들어갔다. 그리고 완전 깡그리 삭제했다. 휴. 한숨이 다 나온다. 하마터면 또 두고두고 놀림 받을 일 생길 뻔했다. 때맞춰 화장실에 가준 보디가드가 참으로 사랑스럽다.

……어! 드디어, 게시판에 머털 님의 글이 올랐다.

〈 삼교희님 보세요 〉
말씀대로 삭제했습니다. 사람들 참 무섭습죠???
저도 예전에 글 하나 올렸다가 완전 테러 당하고…… ㅋ
팬이 뭐 있겠습니까. 공연 가서 응원하고 즐기는 거지요.
님도 즐기시면 좋을 듯합니다.

숨통이 트이는 듯했다. 거듭 한숨을 내쉬며 감사의 댓글을 달았다.

새벽 세 시. 여전히 컴퓨터 앞이다. 인생이 꼬일 땐 한 가지 방법밖에 없다. 자는 것이다. 하지만 지금의 내겐 그게 허용되지 않는다. 수면제도 신경안정제도 듣지 않는다. 보디가드의 자장가는 더더욱 듣지 않는다.

인터넷 상에서…… 내 페이지, 김경호 페이지, 팬카페, 공홈…… 이리저리 떠돌며 앉아 있는데, 오늘 김경호가 '나가수' 녹화 도중 휘청했다는 얘기가 게시판을 달구고 있다. 다들 걱정하느라 난리다. 그에게 '제발 아프지 마세요' 등등의 제목으로 쓰인 편지들이 순식간에 백 통, 이백 통, 줄줄이 달린다. 이 새벽에……. 갑자기 피식, 내 자신이 우스웠다. 답글을 기다렸다니……. 이렇게 많은 팬레터들이 쌓이는데 일일이 답글이 달릴 리가 없지 않은가. 하루에 기껏 메일 한두 개 들어오는 나와는 천문학적 차이가 있거늘……. 그나저나 그 '휘청' 이라는 단어에 마음이 쓰인다.

게시판에 글을 쓰기 시작했다. 내가 제일 좋아하는 시도 곁들여서…….

〈 시, 한 수 옮깁니다.. 〉

팬 여러분들이 다들 걱정하느라 잠도 못 주무시고 있나 봐요..

정말이지 대신 아팠으면 좋겠다, 그죠……

— 무지 꿀꿀한데, 시라도 한 수 옮겨볼까요..

빛나는 해와 밝은 달이 있기로
하늘은 금빛도 되고 은빛도 되옵니다
사랑엔 기쁨과 슬픔이 같이 있기로
우리는 살 수도 죽을 수도 있으오이다
꽃 피는 봄은 가고 잎 피는 여름이 오기로
두견새 우는 달밤은 더욱 슬프오이다
이슬이 달빛을 쓰고 꽃잎에 잠들기로
나는 눈물의 진주구슬로 이 밤을 새웁니다

윤곤강 — 꽃 피는 달밤에
(마지막 단락은 생략)

순식간에 댓글들이 마구 달린다. 도대체 얼마나 많은 사람들이 여기, 공홈에 모여 있는지 다시 한 번 피부로 느껴졌다.

* 새벽에 이리 좋은 시 올려주셔서 감사합니다~~ ^^ 잘 읽고 갑니다.

* 아름다운 시, 정말 쟈알 감상했습니다. 감샤감샤.

* 좋은 시 잘 읽고 가고요. 죠기 밑에 글은 맘 푸셨으면 합

니당~ ^^

* 사랑의 슬픔이 묻어나네요. 다음엔 아름다운 시도 부탁드립니다~~

* 시 잘 봤습니다. 안 조은 일 있으시다면 다 푸셨으면 조켔네요.

* 새벽 달밤에 시라~~~ 운치 있네요. ㅋ

'마음 풀라'는 말이 살짝살짝 보였다. 어제 달아둔 '파도 공개수배' 글을 읽은 건가. ……어쨌거나 마음이 조금 훈훈해진다.

새벽 네 시를 넘겼다. 머리도 아프고 눈도 따끔거리고 목도 뻐근하고……. 아무래도 누워야겠다. 컴퓨터도 좀 식혀줘야지……. 공홈을 벗어나려다 ……어라, 발목이 잡혔다. 한 시간 넘도록 뭔가에 홀려 있었다. 그리고 다시 글을 썼다.

〈 우와~!!! 완전, 보물섬 발견했어요~~~~~ 〉

이래저래 한숨도 못 자고 결국 꼬박 날밤을 새웠네요..

언뜻 KKH's Diary라는 글이 눈에 띄어서, 이건 또 뭔가 하고 들어가 봤더니, 히야~~~ 세상에, 경호 님의 글들이 수두룩!!!!!!!!!!!!!!! 가입 초년생이다 보니 저는 그런 게 있는 줄도 모르고, 언제쯤 이 게시판에 강림하여주실까 하고 막연히 기다렸었거든요..

암튼, KKH's Diary! 오로지 공홈에서만 누릴 수 있는 경호 님과의 특별한 교감, 이야말로 보물섬 아닐까 싶습니다...... ㅎ

그렇다. 김경호가 팬들에게 보내는 단체답글이 따로 실려 있었다. 나름대로 예리한 면이 있는 나다. ……어떨 땐 아주 밝고, 어떨 땐 살짝 우울하고, 어떨 땐 많이 피곤하고, 또 어떨 땐 무지 졸려하는 그를 글 속에서 발견한다. 그리고 어떤 글에나 한결같이 묻어 있는 그의 차분함과 간결함과 겸손과 배려와 성의, 그리고 순수를 발견한다. 게다가 문장 하나하나, 끝맺을 때마다 마침표가 꼭 둘씩 찍혀 있다. 이건, 사적인 글을 쓸 때 나타나는 내 오래된 습관이기도 하다. 더욱 친근해지는 느낌……. 어쨌거나 볼수록 아름다운 사람이다.

……! 방금 올린 글에 또 총알처럼 들어오는 댓글들,

* 아이고~ 진작 알려드렸어야 하는데, 이제라도 확인하셨다니 다행입니다. 다이어리, 진짜 보물섬이죠? ^^

* ㅎㅎㅎㅎ 너무 웃겨요, 저는 또 다이어리 남기신 줄 알고

다녀왔쟈나요.

* 신났겠따! 앞으로 몇 달은 공홈에서 절때 탈출불가일걸요? ^^

* 죠켔따, 죠켔어!!ㅋㅋ

* 어떤 기분인지 저 알아요. 저도 그랬으니깐요. ㅎㅎ

* 앞으로도 쭉 이렇게 천국에 있는 기분으로 경호님 좋아하고 즐겁게 글도 올려주세요. 다들 좋아하리라 봅니다.

나도 그 밑에 글을 달았다.

— 네.. 지난밤은 거의 지옥이었는데 아침이 밝으면서 이렇게 천국이네요.. 기분 진짜 무지하게 좋습니다! 아무래도 당분간 보물섬에 표류하게 될 것 같아요……

그래, 김경호의 숨결이 느껴지는 이 소중한 공간을 포기할 순 없는 일이다. 내가 왜, 무엇 때문에. 잠깐이나마 탈퇴를 생각했던 내가 바보스럽게 느껴진다.

이런저런 꿀꿀함이 일시에 사라진 듯, 상쾌하게 공홈을 벗어났다. 아직 읽지 않은 그의 글들을 남겨두고…….

새벽 여섯 시. 누워 있는데 또 잠은 안 오고 좀이 쑤신다. 다시 일어났다.

하루 종일, 벌써 몇 시간째 책상 앞에 붙어 있다.

……하아, ……벌써…… 끝나…버렸다…….

좀처럼 서운함이 가시지 않아 게시판에 몇 자 찍는다.

〈 아끼려다가.. 〉

새벽에 KKH' s Diary를 발견하고 보물섬이라 환호했었는데,

그리고 몇 개 읽다가, 문득 아껴 읽어야겠다는 생각이 들어 하루에 하나씩만 봐야지 했었는데..

결국 완전 다 읽어버렸습니다.. -_-;;

허탈한 마음에 노래만 크게 틀어놓고 있네요......

내 허탈함을 달래주는 댓글들,

* ㅎㅎㅎ 절때 불가능한 일을 하려 하셨군요.

* 내일 또 읽으세요! 전 거의 한 달간 보았답니당, 하루 종일 ^^

* 저도 한 번씩 들러서 다시 읽어봐요. 두고두고 즐기셔요.

* 어? 잘하셨는걸요~~~

* 매일 김경호란 이름을 네이버에서 검색하는 버릇이 있는데, 님에 대한 글이 있더군요. 우리 경호님을 호칭할 때 꼭

김경호 '씨' 라고 한다는 부분이 인상적이었습니다. ㅎ

＊책, 한번 읽어보려구요. 경호님을 매개로 알게 되어 반갑습당!

아래쪽에 있는 몇 개의 댓글에 마음이 무거워진다. 좋은 뜻이지만 숨이 막힌다. 잠시 고민하다가 댓글을 달았다.

— 하디 님, 말씀 감사합니다.. 그치만, 그냥 읽지 마셔요. 솔직히 별루에요.. ㅋ 담에 괜찮은 글 나오면 그때...... ㅎㅎ

드디어, 파도의 글이 달렸다.

＊오해였다면 죄송합니다. 그냥 타이밍이 너무 맞아떨어지는 듯한 느낌이 들어서……. 며칠 전에 올렸던 그 댓글은 삭제하겠습니다. 님도 이 게시글, 지워주셨으면 합니다.

파도의 글을 읽자마자, '파도 공개수배' 글을 게시판에서 날려버렸다. ……그런데…… 어째, 후련해야 할 마음이 더 무거워진다.

주절주절 글을 썼다.

〈 수난(?)의 사흘이 십년처럼.. 〉

후우~~ 가입한 지 며칠 안 되는데, 마치 10년쯤 지난 듯 하네요(대충 내용을 아시는 분들도 꽤나 계시겠죠).. 뭐 대충 수습하긴 했습니다만.. 쩝..

처음엔 멋모르고 가입기념으로 경호 님께 글을 올렸는데, 가만 게시글들을 보아하니 하루에 몇 수백 개가 달리는지 모를 정도네요.. ㅎ 그래서, 인간적으로, 솔직히, 이 많은 글들을 경호 님께서 어떻게 다 읽으실까 싶어 경호 님께 드리는 글은 별 의미가 없겠거니 했는데, 이제 생각해보니 팬 분들께서 그걸 생각지 않으실 리도 없고 그럼에도 불구하고 경호 님께 수많은 글들을 올리시는 이유를 조금은 알 것도 같네요..

경호 님을 정말 정말 무지 무지 아끼고 사랑하는 여러분들의 마음이 느껴집니다. 그리고 이렇게 함께할 수 있어서 행복합니다......

글을 올리고 잠시 멍하니 앉아 있었다. 문득 정신을 차리니 고마운 이들이 다녀간 흔적을 남겨놓았다.

* 고생하셨어요, 사흘 만에 많은 걸 겪으시느라.... 토닥토닥.
* 수고 많으셨습니당~ 이제 한숨 돌리고 푹 쉬셔용~~

* 새로운 체험, 맘도 몸도 긴장입니다. 쉽지는 않으시겠지만 다른 사람들의 사소한 말이나 반응에 힘들어하시지 말고 늘 평안하세요. 아시겠지만 나는 내가 지켜주고 사랑해줘야 해요, 어떤 누구로부터도 상처받지 않도록.

* 저두 기쁘네요, 함께할 수 있어서. 열린 맘으로 서로 사랑하는 공간입니다…… 자주 뵈어요, 삼교희님…… ^^

갑자기 눈물샘이 터져버렸다. 키보드에 짭짤한 물방울들이 톡톡 떨어진다.

유령들과의 전쟁

며칠 만에 겨우 몇 시간 자고 일어났다. 온몸이 멍석말이라도 당한 듯 쑤시고 아프다. 보디가드에게 전화했다.

"어, 누나! 어찌된 거야, 전화도 안 받고 문자도 씹어버리고."

"그냥…… 좀 지치네……."

"기운 내. 이제 곧 좋아질 거야."

"그래. ……고마워."

전화를 끊고 거의 병적으로 다시 인터넷을 뒤지기 시작한다.

……어, 이건 또……. 내 웹페이지에서 수상한 것들을 발견했다.

〈 한번 읽어봐 〉

공홈 눈팅하다가 봤는데 재밌어.

〈 소설가가 갤주 좋대 〉

호기심에 들어가 봤더니 웹에 우스운 글이 떠 있네.

〈 공홈에 작가 가입했던데 〉

갤주 좋겠네. 작가팬, 한 명 더 생겼어.

한숨 크게 들이쉬고 성적표라도 받는 기분으로 심상치 않은 제목들을 차례로 클릭했다.

'나는 경호다' 라는 큼지막한 글자와 김경호의 사진들이 병풍처럼 펼쳐진다. '김경호 갤러리', 〈갤〉이라는 모임…….

……! ……! ……!

셋 다, 그 미친놈이 썼던 그 문제의 글이 실려 있고 그 밑으로 댓글들이 빽빽하게 들어차 있다.

* 웅? 작가? 누구? 찾아봐야쥐~

* 보고 왔는디, 쬐끔 예쁘네.

* 예쁘긴. 다 파 없은 거구만!

* 이 작가 책, 읽었어. 그럭저럭 봐줄 만하던데.

* 그래? 한번 읽어봐야 쓰겄구만.

* 음, 이거, 이거, 이 요상한 분위기는 대체 뭐? 홍보하는 건가.

* 뭣이라고? 내가 이 여자를 언제 봤다고 홍보를 해. 그냥 재밌어서 옮겼을 뿐인데.

* 글 내용, 자세히 쫌 들여다봐.

* 킁킁, 아무래도 자작나무 타는 냄새가…….

* 흠, 그러고 보니 그런지도. 가능성 백 프로!

* 왜들 그려. 가입인사 써놓은 거 보니까 사람 괜찮더만.

* 작가야, 작까! 글로는 뭔들 못하겠어.

* 그래그래, 계산들 해보라고! 이 글이 올라온 그 다음날인가 다다음날인가, 이 여자가 가입인사 했다 하거덩. 너무 절묘하지 않아?

* 단어 하나하나 고른 흔적이 역력하네. 이 소설가가 우리들 읽으라고 써 놓은 소설이여.

* 학벌도 위조한 거 아님? 어쨰 수상타!!

* 그러게. 일본 다녀와서 웬 소설이야. 학원 강사나 할 일이지.

* 난 우리 갤주가 빨리 죠은 여자 만나서 결혼했음 죠겠따! 아나운서 정도면 갤주랑 잴 맞을 거라 생각했는데, 작가도 나쁘진 않을 것 같네.

* 미쳤냐? 갑자기 여기서 그런 말은 왜 나오냐! 너, 갤러 맞냐???

* 진짜 정신 나갔구먼. 너, 당장 탈퇴해라!!!!!

* 딱 보니 아줌마야, 아줌마!

* 이혼녀래. 애가 둘이라나, 셋이라나.

* 내가 이런 자작하는 인간들 조사하는 게 전문인데, 어디 한번 파볼까.

* 파긴 뭘 파싸. 와 그리 새끼줄만 꼬고 사노.

* 보면 볼수록, 이건 분명히 일반인의 글이 아님!

* 에헤이~ 소설가를 좋아한다잖아. 책 많이 읽다 보면 풍월을 읊을 수도 있재!

* 어쨌거나 고상틱한 작가가 갤주 좋아한다니 기분은 좋타.

* 허, 진짜 고상틱하고 자빠졌네.

* 우리 갤주랑 어찌해볼 심산으로 밑밥 까는 글 아녀?

* 완전 밥맛이다.

* 어제 오랜만에 경몽해서 기분 좋았꼬만, 이건 또 뭔 잡일이고!

* 맞아. 재수 없게시리.

* 공홈에 올린 글 봤어? 실명으로 들어온 거 보면 틀림없이 홍보작전이야.

* 그렇치. 얼굴 쫌 알리고 책 한권 더 팔아보려는 수작이쥐.

* 무지 야한 여자야. 책 한번 읽어봐. 졸도한다, 졸또해!

* 낯짝 보아하니 난잡하게 생겼네 뭐.

* 그래. 〈19금〉 써 붙여야 돼.

* 우리 갤주 주인공으로 해서 책 하나 쓰라 해볼까.

* 뭐이라? 3류소설에 갤주 등장시킬 작정이냐.

* 혹시 출판사에서 한 짓 아닐까? 노이즈마케팅!

* 청어는 그런 짓 안 할걸.

* 니가 우찌 아는데?

* 거기 대표가 완전 대쪽 같은 남자야.

* 어마어마한 스폰서가 있다네.

* 누굴까??

* 이름 대면 다 알 만한 재벌!

* 그게 70대 할아버지라지 아마.

* 헉!!!!!

* 박철이랑 사귄다카던데!

* 으잉? 박철? 진짜?

* 그래. 어데서 본 것 같따.

* 어쨌건 여러모로 아리까리한 여자야.

* 적당히들 해. 타이밍이 좀 그렇긴 하지만, 그래도 우연일 수도 있쟈나.

* 만약 우연이라면 이 여자, 정말 운 좋은 거구먼. 주목 한 번 확실히 받았응께.

* 우연은 무슨. 다 설쩡이구만. 작쩐 성공한 셈이네.

* 편지 써논 거 보니까 진짜 갤주 팬인 것 같던디……

* 뭘 봐서?

* 예전에 선물도 보내고 했나벼.

* 하긴 우리 갤주가 매력은 끝내주지. 이 여자도 홀라당 빠졌구만 뭐.

머리에 전기가 흐르는 듯한 느낌……. '뭐 이런 거지같은……', 입술을 딸싹이는데 목소리가 안 나온다. 완전 반말로 주고받는, 무슨 암호 같은 단어들이 난무하는, 〈갤〉이라는 이 무리의 정체는 도대체 뭔가……. 간간이 순수하고 푸근한 이들의 댓글도 섞여 있었으나 머릿속에는 오로지 악플들만 맴돈다. 핑 돌리고 어지럽다. 눈앞에 펼쳐진 장관이 커졌다 작아졌다 요동을 친다. ……한참 동안 숨고르기를 했다. 그리고 입술을 깨물며 댓글을 썼다.

— 다들, 참 여러 생각들을 하시네요.. 특히 자작하는 인간들 조사하는 게 전문이시라는 분, 그럼 어디 한번 부탁드려볼까요.. 덕분에 이런저런 억측들이 싸그리 사라질 수도 있겠네요.. ..다들, 혹시 저랑 어떤 악연이라도 있었던 분들이신가요, 아니면 이런 식으로 스트레스를 푸시는 건가요..

인내심에는 한계가 있다. 이건 내 인내심의 용량을 훌쩍 벗어나는 글들이다. 내가 만약 유명인이라면 유명세를 치른다 생각하고 웃어넘길 수 있을지도 모른다. 하지만 아니지 않은가. ……아무래도 안 되겠다. 댓글 다는 것만으로는 도무지 분이 안 풀린다. 언뜻, 며칠 전 보디가드가 가르쳐준 공개수배 방법이 떠올랐다. 응용의 힘을 발휘해야 할 때다. 일단, 단체에 억지 가입을 했다. 그리고 이름 없는 유령들을 상대로 게시판에 글을 남긴다.

〈안녕하세요, 박삼교희입니다..〉

거두절미하고, 본론만 말씀드릴게요..

오늘 제 웹페이지에 오른 OOO 님 등의 글을 보고 잠깐 들어와 봤는데, 줄줄이 달아놓으신 댓글들에 정말이지 경악했습니다..

제 이름이 좀 특이해서 어떤 누구와도 중복되는 일이 없기에 그냥 그대로 사용했는데, 아마 그 때문에 더 드러나 보인 것 같습니다.. 지금 바꿔본들 이미 아무 의미 없는 일인 듯하여, 그리고 '그 여자 관뒀다, 도망갔다'는 생각들을 하실 것 같기도 하여 그냥 두고 있습니다만……

어쨌거나 그 글을 쓰신 분이랑, 그거 가져다가 공홈에 게시하신 분께 삭제 부탁드렸습니다.. 그리고 무엇보다, 딱 까놓고 얘기해서, 만약 댓글 달아두신 분들의 억측대로라면 제가 왜 굳이 팬카페며 공홈에 가입했을까요. 인터넷을 떠도는 그 요상한 글 하나로 충분할 텐데 말이죠.. 사람들이 여기저기 퍼 가서 무지하게 흩어지는 건 시간문제 아니었을까요.. 그리고 말입니다.. 그래도 명색이 작가 무늬를 두르고 있는 제가 그리 허접하고 허술하게, 다른 사람들이 수상히 여길 만한 글을 썼겠습니까.. 또, 곧 죽어도 그럴 일은 없겠지만 만약 제가 그런 '짓'을 하게 된다면 이런 오해 살 일은 절대 없도록 주도면밀하게 하겠죠..

부디.. 책임지지 못할 댓글은 자제해주셨으면 합니다..

이만 줄이겠습니다..

글을 써놓고 도망치듯 빠져나왔다. 다시 어떤 댓글들이 달릴지 안 봐도 빤한 일, 더 이상 눈을 더럽히고 싶지 않았다. 잽싸게 보디가드에게 고자질했다.

"……근데 도대체 그 인간들, 뭐하는 집단이래?"

"글쎄 그게 좀 복잡해. 여러 단체가 한 군데 섞여 있다고 해야 하나. 암튼 꽤나 특이한 모임이야. 보통사람들은 적응하기 좀 힘든……."

"아주 평범하고 괜찮게 느껴지는 사람들도 꽤 있던데."

"한마디로 자유분방해. 사람들이 그렇다는 게 아니라 그 모임의 분위기가……. 다들 동등한 입장으로 대화한다는 의미에서 서로 말까지 트고 지내지. 그러다 보니 말이 조금 거칠어지기도 하고. ……어쨌거나 수고했어. 그리고, 혹시라도, 다시는 거기 들어가지 마. 분명히 십 분도 안 돼서 누나 병원에 실려 갈 일 생길 테니까."

"짐작은 간다만……."

"약속해! 아무리 궁금해지더라도 안 들어갈 거라고. 그리고 궁금해 할 것도 없어. 분명히 첫 댓글은 '또 홍보글 올렸냐' 아니면 '변명하지 마라' 일 테니까."

"……."

"미안해, 누나. 내가 먼저 발견해서 처리했어야 하는데."

"아냐. 이런 건 내가 직접 하는 게 나을 것도 같아, 넌 그냥 흩어진 글들이나 좀 신경 써줘."

"……있잖아, 실은 내가 엇그제…… 어찌나 짜증이 나던지, 빨리 안 지워지는 블로그나 카페는 '게시중단처리요청' 해버리고 웹은 '삭제문의창구' 에다 접수시켜버렸거든. 내가 누나인 척하고 말야."

귀가 번쩍 뜨인다.

"그래서?"

"그게 말야. 처리가 되는 것도 있고 안 되는 것도 있고……."

"……무슨 말인데."

"딱히 명예훼손이라 규정짓기 뭐한가 봐. 적어도 표면적으로는 흉보거나 욕하는 내용이 아니었잖아. 그리고 누나도 일단은 공인에 속하니까…….”

“뭐, 공인? 내가? 허참…….”

“……저기, 누나. 차라리 전문가의 힘을 좀 빌려볼까?”

“전문가?”

“컴퓨터공학 전공한 사람이라든지, 암튼 컴퓨터를 갖고 노는 사람.”

“어쩌게.”

“그러니까, 그냥, 그 글이 실린 건 블로그건 카페건 웹이건 무조건 검색에 응답 못하게 작업을 해버리는 거지.”

“그게 가능해?”

“아마도.”

“그치만…… 만약에 그렇게 들쑤시고 다니다가 자칫 걸리면, 그땐 어떻게 감당하려고……. 컴퓨터 박사가 세상에 한둘이냐 어디.”

“……그건 그러네.”

아까 〈갤〉에 게시글 올리면서 살짝 숨긴 부분이 마음에 걸린다. 그냥 솔직하게 쓸 걸. samgyohee가 아닌, 한글 이름을 사용한 건 혹시라도 김경호가 알아봐주려나, 해서였다고…….

잠도 안 오고 물도 안 넘어가고 가만 앉아 있지도 못하겠고……. 공홈에 들어갔다. 그리고 또 글을 쓰기 시작했다.

〈 아날로그형 인간을 경호 님께서.. 〉

경호 님께서 저를 참 많이 바꿔놓으시네요..

실은.. 자랑할 일은 못 되지만.. 제가 완전 아날로그형 인간이라 인터넷 같은 거, 거의 안 하고 지냈었거든요(다들 하시는 블로그나 트위터, 미투 등도 전혀 해본 적이 없구요).. 가끔 한 번씩 이메일이나 체그하는 정도였죠.. 그런데 그랬던 제가 이렇게 카페랑 공홈에 가입하고 또 지금 며칠째 이런저런 사연으로 종횡무진, 거의 인터넷 상을 누비며 사네요.. 인터넷의 두려움이나 무서움 같은 걸 전혀 모르고 이름을 그냥 그대로 사용했는데, 그것도 참 용감무쌍한 '짓' 이었더군요..

암튼.. 경호 님 덕분에 많은 것을 배우고, 또 즐기고 있습니다..

댓글을 기다렸다. 위로받고 싶었는지도 모르겠다.

* 맞는 말씀입니다. 경호님은 '사람을 바꾸는 자' 이시죠.

* 이름 석 자만 치면 별의 별…… 학벌에, 나이에, 전부 다 나오는 게 인터넷이라, 실명 쓰셔서 처음에 너무 놀랬어요.

암튼 괜찮으시다니 댜행……

＊상처받지 마시고요, 생각보다 좋은 사람들이 더 많답니당~~ ^^

＊저도 경호삼촌 덕분에 사람이 바뀌었어요. 경호삼촌 생각하면서 공부 열씨미 하고 스트레스는 여기서 풀고…… ㅋ

＊저도 경호님 덕에 이 시간에 이렇게 컴퓨터 앞에 앉아 있어요. 컴퓨터만 켜면 두통이던 제가……

＊짝짝짝! 잘하셨슈! 솔직한 게 좋은 거지유 뭐. ^^

＊저도 한국 네티즌 땜에 야기된 많은 비극적인 소식을 듣고 참 가슴이 아팠는데…… 님과 똑같이 저도 처음으로 한국 인터넷에 가입해보고선 많은 것을 느끼게 되었습니다. 이곳에서 Link를 받아서 다른 site에 가보면 도저히 글을 읽기가 민망해서 바로 나오곤 했지요. Even 한국유튜브에서조차도 욕설이 너무 심해서 어지럽고…… 그리구요, 이웃의 죽음보다도 자기 손끝에 박힌 작은 가시에 더 신경을 쓰게 되는 게 사람의 속성이라는 건 아실 테죠. 남에게 매섭게 공격하다가도 자기 일이 다급하면 뒤돌아서서 잊어버리는 게 사람입니다. 그러니 온갖 주위 말들로부터 자유로워지도록 노력해보세요. 적당한 선에서 취할 건 취하고 접을 건 접는 게 좋다고 생각합니다. 편안하시길 기도드릴께요.

……마음이 가라앉는다. 그리고 조금 편안해진다. 여긴 저 바깥세상과 달리, 아주 잔잔한 청정지역인 것 같다.

지옥

소리 없는 전쟁이 대충 끝나가고 있다. 보디가드가 없었으면 어찌됐을까 생각하니 절로 몸서리가 쳐진다.

오늘도 일어나자마자 내 페이지 점검을 한다, 또 이상한 뭔가가 올라오진 않았나 하고.

……!

익숙한 제목의 블로그 하나, 순간 목뒤에 가시처럼 소름이 돋는다.

〈김경호를 좋아하는 여인을〉

숨을 크게 들이쉬며 딸깍, 클릭했다.

웹에서 발견한 글을 올리려 한다.

일단, 이 글의 내용이 전부 사실이라 치더라도,

암튼 나는 이 글을 올린 남자의 의도를 잘 모르겠다. 대체 무슨 생각을 하고 사는 사람인지……. 간접적인 사랑고백? 아니면 삥 둘러서 비하? 그것도 아니면 정말 방법을 구하는 건가? ㅉㅉ…….

어쨌거나 꽤나 재미있는 얘기인지라 올려본다.

(참고로 여기 실린 '여인'은 성깔이 장난이 아니다. 일단 열받으면 아예 끝을 본다. 내가 겪어봐서 잘 안다. ㅋ. 아마도 조만간 이 남자는 절단날 것이리라. 심히 걱정된다.)

각설하고, 그 글의 내용은 이러했다……

히야……. 아래에 문제의 그 글이 또 실려 있다. ……끝난 전쟁이 아니었나……. 그나저나 딸랑 한 장짜리, 사진도 프로필도 없는 이 블로그의 주인은 대체 누구이기에……. 불순한 의도로 급조된 것이 분명한 블로그를 한참이나 노려보았다. 아래에 빨간 비밀댓글이 하나 달려 있다. samgyohee를 사칭(?)한 보디가드의 글이다. 나는 '수정' 버튼을 눌러, 아주 협박적인 내용으로 댓글을 갈아 끼웠다.

— 삭제 부탁드립니다.. 제 인내심이 바닥을 치는 순간, 어

떤 불이익을 받게 되실지 모릅니다..

보디가드와의 약속을 어겼다. 〈갤〉에 들어가 본다. 지난번에 상당히 과격한 댓글과 터프한 게시글을 올렸는데, 지금쯤 어찌되어 있을까……. 사람 마음이란 게 참 묘하다. 욕들을 거 뻔히 알면서도 열어보게 된다. 욕듣는 걸 은근히 즐기고 있는지도 모르겠다. ……? ……어라? 하나는 댓글들이 완전히 사라졌고, 또 하나는 아예 게시글 자체가 없어졌다. 나머지 하나는 그럭저럭 봐줄 만한 댓글만 몇몇 개 달려있다. 내 예상과는 아주 상반되는 결과……. 이런 분위기라면 내 글도 지워줘야 할 것 같아 게시판에서 내 글을 찾았다. ……훗, 댓글이 딸랑 세 개 달려 있다. 사람들 조회수는 엄청난데…….
그렇다면, 이런저런 상황으로 보아 내 글이 통한 걸까…….

어쨌거나 올라와 있는 댓글 세 개를 훑어보았다.

* 본인의 이름 홍보글은 아니시겠지요.
* 이렇게 변명하시면 더 이상하게 보입니다.
* 우리 〈갤〉을 뭐로 보고 이러시는 겁니까.

병원에 실려 갈 정도는 아니지만 보디가드의 말이 조금은 맞았다. '홍보글' 이란 단어와 '변명' 이라는 단어가 보인다.

……그나저나 어째 오늘은 반말이 아니다. 손님대접 해주는 건가. ……여튼, 세 명의 닉네임, 그들의 최근 게시글(나와는 전혀 관계없는)을 굳이 따로따로 찾아들어가 각각의 답을 댓글로 엮었다.

— 제 글을 읽고도 그런 말씀을 하시나요.. 정말 대단하십니다..

— 변명이 아니라 설명입니다..

— 뭐랄까, 악플이 취미인 분들이 상당히 계신 곳으로 보입니다만..

그리고는 내 게시글도 말끔히 삭제했다.

줄곧 찜찜했던 〈갤〉과의 일도 대충 원만히 수습됐으니 이젠 정말 내가 할 수 있는 일은 다 했다. 그래서 그런지 아주 홀가분하다. 또한…… 따지고 보면 그들도 다 가수 김경호의 팬이라는 점에서는 나와 동지이고, 그에 대한 관심이 그런 과민반응으로 표출된 건지도 모르겠고, 무엇보다 그의 일이라면 무조건 팔 걷어붙이고 적극적으로 나서줄 존재들인 것 같아 오히려 든든한 느낌이 들기도 했다.

보디가드에게 전화했다. 그리고 〈갤〉 얘기도 했다.

"우와. 진짜? 정말 의외네, 그렇게 조용히 끝나다니."

"내가 좀 과격하긴 했나?"

"크크크. 하기야 누나가 그렇게 성깔부리고 손톱 들이미는데 어떻게 버티겠어. 누나 사진이 좀 사납게 나왔어? 사람들이 무서워할 만도 하지. 별 생각 없이 자기들끼리 농담 따먹기 하다가, 누나가 거기 찾아들어간 걸 알고 꽤나 긴장했을 거야. 그러니 조금이라도 사실확인 안 된 내용은 전부 삭제할 수밖에, 혹시 누나가 명예훼손으로 고소라도 할까봐……. 솔직히 말해봐, 누나, 그럴 마음 있었지?"

"그야……. 그치만 김경호 씨한테 팬들끼리 얽히는 모습 보여주는 것도 못할 짓이잖아. 솔직히, 딱히 지켜야 할 어떤 명예가 있는 것도 아니고."

"어쨌거나 그나마 다행이네."

"……."

"그래도 그 자식이 발 빠르게 삭제해준 게 어디야. 만약 정애 같았으면 우린 지금 완전 지옥에 있을 텐데."

"얼빠진 소리 좀 하지 마. 그 인간 생각하면 속이 다 뒤집히는구만. 그리고 지금도 충분히 지옥이야!"

"그나저나 왜 약속은 안 지켜?"

"뭘."

"내가 분명히, 〈갤〉에 다시는 들어가지 마라 그랬잖아."

"……그래도 결과는 좋았잖아."

"만약에, 혹시라도…… 더 심한, 사람 까무러치게 만드는 얘기들 달렸으면 어쩔 뻔했어. 악플 보고 자살한 사람들 못 봤어?"

"훗. 그리 되든 말든. 살아 있는 게 뭐 그리 좋은 거라고……."

"시끄러!"

"깜짝이야, 왜 소리는 지르고 그래?"

"한번만 더 얄궂은 짓 했다간 나도 그냥 확, 술 마셔버릴 테니까 알아서 해!"

대화내용을 슬쩍 틀었다.

"괜히 가입하자고 해서는……. 대체 이게 뭐하는 짓이냐구!"

"……쩝. 그건 미안하게 됐어……."

깐돌거리면 한두 마디 더 할 수도 있겠는데, 얌전하니까 그러기도 좀 뭣하고……. 솔직히…… 꽤나 힘든 신고식을 치르긴 했어도 가입한 게 후회되진 않는다. 그저 이름을 그대로 사용한 게 죄라면 죄지. ……아니, 좀 더 원천적인 잘못은 그 소설마니아들을 만난 것이다. 그들을 만나지만 않았더라면 그런 요상한 글이 뜨지도 않았을 테니, 그리고 수습하느라 진땀 흘린 건 가입을 했든 안 했든 매한가지였을 테니……. 푸우……. 재미로 본 타롯카드에서 구설수가 있다고 나오더니만. ……암튼 병아리라 다행이었네. 좀만 유명했어도 수습불가였을 텐데.

뜨거운 물에 샤워를 했다. 몸에서 김이 모락모락 날 정도로……. 대충 머리를 말리고 파김치처럼 늘어지는 팔다리를 끌고 자리에 들었다. ……겨우 잠이 들까말까 하는데 보디가드로부터 전화가 왔다.

"누나, 문제가 좀 생겼는데."

가슴이 덜컹 내려앉는다.

"또 뭐."

"그 잡지게시판에 올랐던 게 말야, 다시 뜨네……."

귀가 먹먹해진다.

"……."

"대체 그 인간이 뭘 어떻게 잘못 건드렸는지 이젠 아예 똑같은 복사판까지 줄줄이 보이고……. 일단은 삭제문의창구에 한 번 더 접수하고, 동일문서제거도 요청해두긴 했는데……."

"……."

"참. 그 자식한테도 접수하라 그랬어. 작성자니까 말발이 먹힐 것 같아서."

머릿속이 텅 비는 듯한 느낌.

"……후유……."

긴 한숨을 시름처럼 흘리는데, 보디가드가 접시 깨지는 소리를 한다.

"누나, 나랑 결혼하자!"

"……?!"

"내가 누나 지켜줄게, 평생 보디가드 해줄게……."

해 뜨는 밤, 달 뜬 아침

나는 꼬박 6일간 거의 식물인간처럼 뻗어 있었다. 죽 한술 넘기지 못하고 계속 영양제만 꽂은 채……. 수면주사를 맞고 잔들 어김없이 가위눌리고, 눈을 뜨면 매번 땀범벅이다. 시도 때도 없이 울렁거려 바륨주사를 맞고 또 맞았다.

// 거울 앞에 섰다. 혹시 시들어 보이진 않을까. 세월이 이렇게나 흘렀는데……. 괜히 립스틱을 덧발랐다. 그리고 그에게서 받은 목걸이를 걸었다. 그를 잊지 않았다는 것을 이런 식으로라도 보여주고 싶다.

친과 자주 찾았던 학교 앞 도토루, 그가 늘 앉아 기다리던 자리……. 원목 테이블에 손톱으로 그의 이름을 무심히 긁고 있자니 어느새 그가 내 앞에 우뚝 서 있다. 알아보지 못할 만큼 핼쑥해진 얼굴……. 그는 자리에 앉자마자 숨도 쉬지 않고 내게 물어왔다.

"왜 제대로 얘기 안 했어."

"뭘."

"누나한테 들었어. 그때 엄마가 다녀갔다면서."

어눌한 통역을 해주던 그 여자가 친의 누나였나 보다. 전혀 닮은 구석을 못 느꼈었는데…….

"……미안해. ……홧김에 그만……."

"그건 충분히 이해할 수 있어, 니 자존심이 얼마나 구겨졌을지도 상상이 돼. 그치만, 왜 나한테 그 얘길 안 한 거냐구."

— 니가 암만 이해하고 넘어가준다 해도, 어차피 두고두고 기분 안 좋을 때면 떠올리게 될 일이잖아. 너도 '사람'이니까…….

"돌이킬 수 없는 일이었어."

"그래서 다른 남자를 방에 들인 거야? 홧김에?"

— 아니야. 그건 이모부였어!

"……."

"미안하다……. 이런 얘기 하려고 온 게 아닌데."

"……,"

"여전히…… 그 사람이랑…… 잘 지내?"

"……아니."

"그럼 지금은……."

"지금은…… 남자 없어."

"푸우……."

"……."

"그러면…… 한 번만 더 생각해봐."

"……."

"우리, 다시 시작하자."

"……그건 안 될 것 같아."

"왜, 도대체 왜."

"……."

"정말 가능성 없어? 니 삶에 내가 들어갈 여지는 전혀 없는 거야?"

"……."

"……결혼…날짜…… 잡혔어. 나를…… 좀…… 잡아주면 안 되겠니."

— 내가 어떻게, 무슨 낯짝으로.

"……미안해. ……행복하길…… 바랄게……."

친이 커다란 한숨과 함께 뜨문뜨문 단어를 뱉는다. 그의 커다란 두 눈에 설핏 물기가 어린다.

"……우리가…… 왜…… 어쩌다…… 이렇게……." //

눈을 떴다. 캄캄하다. 한기를 느낀다. ……꿈……이었다.

……후우……. 벌써…… 십 년도 훨씬 더 지났건만…… 이 그림자보다 질긴 미련은…….

그에게 하고 싶은 말, 꿈속에서조차 차마 할 수 없었던 말이 있다. 머리맡에 놓여 있던 휴대폰을 집어 들었다. 그리고 전송하지도 않을 문자를 천천히 또박또박 찍기 시작한다.

— 미안해.. 너무 늦게 깨달았어.. 사랑하면서 사랑을 몰랐으니 나도 참 미련한 여자지...... 사랑한단 말 한마디 하지 못해서 그간 얼마나 아팠는지...... 니가 남긴 모든 기억들은 날이 갈수록 더 선명해지고 네가 없는 빈자리는 점점 더 커져만 가고...... 사랑해.. ......네가 누구를 만나든 누구와 함께 있든 내가 널 잊지 않는 한 내게 있어 넌 내 남자일 거야.. 그리고 내가 누구 옆에 있든 내가 널 기억하는 한 나는 니 여자일 거야.. 네 마음에 이런 말들이 닿을지는 모르겠지만...... 사랑해 사랑해 사랑해 ......이제 와서...... 사랑해 사랑해 사랑해......

해 뜨는 밤의 끝에서 달 뜬 아침을 기다렸다.

중독

퇴원을 했다. 줄어야 할 약이 오히려 늘었다.

나는 더 이상 여기저기 신경 쓰지 않기로 했다. 흩어졌던 글의 잔여물이 아주 안 보이는 것은 아니지만……. 그래, 시간이 지나면 자연스레 잦아들겠지. 무엇보다…… 위대한 인터넷과, 그것을 이용하는 모든 이들에게 존경을 표하고 싶다.

그나저나 보디가드한테서 통 연락이 없다. ……지난번 접시 깨지는 소리에 성깔을 좀 부렸더니만……. 계속 마음이 쓰인다.

내가 먼저 문자를 보냈다.

— 뭐 해?

……답이 없다. 전화를 걸어본다. ……받지 않는다. 다시 문자를 보냈다.

— 시간 나면 전화해..

TV를 켰다. 그리고 놓쳐버린, 지난주 '나가수'를 돌려보기 했다.

눈 내리는 밤은 언제나 참기 힘든 지난 추억이
가슴 깊은 곳에 숨겨둔 너를 생각하게 하는데
어두운 미로 속을 헤매던 과거에는
내가 살아가는 그 이유 몰랐지만
하루를 살 수 있었던 건 네가 있다는 그것
너에게 모두 주고 싶어 너를 위하여
마지막 그 하나까지
말이 없이 살아가라고 아주 쉽게 충고하지만
세상사는 어떤 사람도 강요하지 못해 나에게
너에게 모두 주고 싶어 너를 위하여
걸어서 저 하늘까지

— 걸어서 하늘까지 —

김경호도 나만큼이나 얼굴에 핏기가 없다. 명예졸업인가 뭔가 후딱 해버렸으면 좋겠다. 그래서 건강 챙겨가며 최고의 컨디션으로 음악인의 삶을 즐겨줬으면 좋겠다. 그나저나…… 나는 아까부터 오로지 그의 얼굴, 그 표정에만 신경이 쓰인다. 화면 밖에서 화면 속 사람의 눈치를 살피고 있다. ……혹시 그 문제의 글을 보지나 않았을까, 〈갤〉에 떠 있던 그 논란의 페이지들을 보지는 않았을까, 유난히 맑은 저 눈은 그 지저분한 글들을 보았음인가 보지 않았음인가……. 만약 봤다면 이름이 특이해서 금방 알아챘을 텐데. 그래서 더 신경이 쓰인다. ……내가 미쳤지, 편지는 뭐 하러 쓰고 책은 뭐 하러 넣어가지고. ……차라리 오빠한테 한번 부탁해볼까.

오빠에게 전화를 걸었다.

"김경호? ……왜, 좋아 보여?"

"……아니, ……그, 그냥, ……팬……."

"근데 폰번호를 물어? 고작 팬 자격으로?"

"그게…… 얘기할 게 좀 있어서……."

오빠는 별 잔소리 없이 알아봐주겠다고 했다. 지난번 박철 사건 있고 나서, 폰번호 제때 안 가르쳐줬던 걸 후회했었나 보다.

오빠의 문자가 들어왔다. 김경호의 폰번호…….

곧바로 메시지작성에 들어갔다. ……그런데…… 어째 머리에서 글이 안 나온다, 단 한마디도……. 가만…… 얼마나 많은 팬들이 수두룩한 선물이며 팬레터를 보낼 텐데, 어쩌면 내가 보낸 편지를 안 읽었거나 내 책을 열어본 일이 없었을 수도 있다. 선물상자 자체를 아직 뜯어보지 않았을지도 모른다. 그렇다면 내 이름도 얼굴도 모를 것이니 어떠어떠한 글을 읽었다 할지라도 그냥 갸웃, 하고 그 자리에서 잊어버렸을 것이리라. 또, 그 미친놈이 쓴 글이나 갤에 떴던 글을 안 읽었을 가능성도 팽배하다. 괜한 문자로 모양새 더 구기게 될지도 모르는 일이다.

일단은 폰을 닫고 생각을 접었다.

그나저나 그의 폰번호를 손에 쥐고 있자니 이게 기분이 참 묘하고 요상스럽다. 진짜 가까운 사람으로 느껴진다. 폰번호 저장할 때 이름 석 자로 입력하는 게 어째 좀 딱딱한 듯 느껴져서 '경호 씨' 라 해뒀는데, 그 탓인지 요 며칠 새 머릿속에서도 계속 '경호 씨' 라는 호칭으로 부르고 있다.

라이브 VCD를 본다. 흔히, 다른 연예인들은 일이 년밖에 안 지난 자료화면을 봐도 촌스럽거나 어색해 보이곤 하는데, 그는 벌써 십 년이나 지난 앨범 속에서도 전혀 그렇지 않다. 그리고 암만 봐도 늘 새롭다. 간간이 정지버튼을 눌러 아주 멋있거나 예쁜 표정들은 캡처까지 해가며 열정적으로 감상했다.

오랜만에 메일체크나 해볼까.

……?

늘 무심히 지나쳤던, '메일' 옆 '쪽지' 라는 글자 옆에 숫자 1이 붙어 있다. 클릭해본다.

＊제가 거래했던 분 블로그입니다. 도움이 되셨으면 합니다.

……아! ……이건……. 팬카페 동지가 보내준 메시지였다. 언젠가, 경호 씨의 음반을 전부 다 소장하고 계신 분들이 부럽다는 말을 카페 왁자지껄생각나누기게시판에 댓글로 올렸던 것 같은데 그걸 읽었나 보다. 중고음반판매처의 주소가 실려 있다. 자세한 이유는 모르겠지만 그의 음반은 손에 넣기가 하늘에서 별 따는 것만큼 어렵다. 어디를 찾아다녀도 구할 수가 없었다. 보디가드가 이 노래 저 노래, CD로 구워주긴 했지만 원본을 소장하고 싶은 욕심이 사그라지지는 않았다. 그래서 참 갑갑했었는데 오늘 이렇게 반가운 정보가 들어왔다. 고맙기 그지없다. 역시 팬카페에 가입하길 잘했다. ……그리고 '쪽지', 태어나서 처음 받아보는 쪽지였다. 메일이랑 뭐가 다른지는 잘 모르겠지만, 어쨌거나 형식이 참 귀엽다. 감사의 답장을 쓰고, 처음으로 받은 쪽지는 기념으로 보관함에 넣었다. 그리고는 곧바로 그 중고판매처를 찾아

행복한 주문을 했다.

이거, 아무래도 중독이다. 경호 씨에 홀릭, 경호 씨 노래에 홀릭, 이젠 공홈이랑 팬카페에도 홀릭……. 공홈이며 팬카페를 오가다 보면 한두 시간은 예사로 지나가버린다.

오늘 새로운 걸 알았다. 보통 연예인들의 공홈, 즉 '공식홈페이지' 는 해당 연예인만의 공간이고 팬들은 카페를 만들어 따로 운영하는 게 대부분인데 경호 씨의 경우엔 특이하게도 팬들을 공홈에 받아들여 함께하고 있단다. 멋모르고 당연한 것으로 생각했었는데 새삼 경호 씨의 따뜻함이 느껴지는 듯하다. 공홈에 글을 썼다.

〈 극과 극을 오가는.. 〉
예쁘고 부드러운 여성스러움의 극,
파워풀한 남성다움의 극,
그 극과 극을 오가는 다채로움..
그리고 그 사이에 있는.. 순수......
그래서.. 더더욱 빛나는 분이신 듯합니다...... ^^
— 시 한 편 옮깁니다.. 편안한 밤 되세요~~~

내 그대를 생각함은

항상 그대가 앉아 있는 배경에서
해가 지고 바람이 부는 일처럼
사소한 일일 것이나
언젠가 그대가 한없이 괴로움 속을
헤매일 때에 오랫동안 전해 오던
그 사소함으로 그대를 불러 보리라
진실로 진실로
내가 그대를 사랑하는 까닭은
내 나의 사랑을 한없이 잇닿은
그 기다림으로 바꾸어 버린 데 있었다
밤이 들면서 골짜기엔 눈이 퍼붓기 시작했다
내 사랑도 언제쯤에선 반드시 그칠 것을 믿는다
다만 그때 내 기다림의 자세를 생각하는 것뿐이다
그 동안에 눈이 그치고
꽃이 피어나고
낙엽이 떨어지고
또 눈이 퍼붓고 할 것을 믿는다

황동규 — 즐거운 편지

오늘은 경호 씨의 '나가수' 명예졸업이 걸린 라운드, 1차 경연이 있는 날. 빈집에 덩그러니 홀로 TV를 차고앉았다. 경

호 씨의 순서,

언제 가셨는데 안 오시나 한 잎 두고 가신 님아
가지 위에 눈물 적셔놓고 이는 바람소리 남겨놓고
앙상한 가지 위에 그 잎새는 한 잎
달빛마저 구름에 가려 외로움만 더해가네
밤새 새소리에 지쳐버린 한 잎마저 떨어지려나
먼 곳에 계셨어도 피우리라 못다 핀 꽃 한 송이 피우리라
언제 가셨는데 안 오시나 가시다가 잊으셨나
고운 꽃잎 비로 적셔놓고 긴긴 찬바람에 어이하리
앙상한 가지 위에 흐느끼는 잎새
꽃 한 송이 피우려 홀로 안타까워 떨고 있나
함께 울어주던 새도 지쳐 어디론가 떠나간 뒤
님 떠난 그 자리에 두고두고 못다 핀 꽃 한 송이 피우리라
—못다 핀 꽃 한 송이—

나도 모르게 눈물이 그렁그렁 맺힌다. 잠시 훌쩍거리느라 몇몇 가수들의 노래는 귀에 들어오지도 않았다.

근데, ……뭐? ……6위?

……쟤네들이 지금 장난치나? 신경질적으로 TV를 꺼버리고 씩씩대며 앉았다. ……흠, 저게 대체 어찌된 거지…….

1절은 음산하게, 2절은 경호 씨답게 강렬히, 정말 잘 불렀는데……. 너무나 섬세하게 가사 하나하나를 철저히 표현했는데……. 한 자문위원의 말처럼 저음과 고음이 공존하고 여림과 강함이 공존하는, 그의 매력이 완벽하게 발산된 무대였는데……. 득표율 백 프로가 나와도 좋을 법했는데……. 아무래도 이상해!!! ……저거 혹시 집계결과에 누가 손댄 거 아닐까. 어쩜 우리 경호 씨가 너무 고공행진만 하니까 좀 더 흥미롭게 만들어보려는 방송국 측의 궁여지책일 수도 있어. ……아니지, 아무리 시청률에 목숨 거는 방송국이라지만 그런 짓까지 해서 출연가수를 모독하고 시청자들을 기만할 리는 없을 텐데. ……혹시라도 청중평가단들이, 경호 씨는 당연히 표 많이 받을 거라 여기고 다른 가수들한테 동정표 마구 던져버린 건 아닐까…….

암만 생각해도 도저히 이해할 수 없는 경연결과에 이런저런 억측을 해가며 줄기장창 주저리주저리 토를 달았다.

마음을 가라앉히려 시집을 꺼내들었다.

어느 그리운 이를 찾아오는 고운 발자욱이기에
이다지도 사뿐사뿐 조심성스러운고.
장창(長窓)을 새어새어 툇돌 위에 불빛이 희미한데

메밀 꽃 피는 듯 흰 눈이 말없이 내려
호젓한 가슴 먼 옛날이 그립구나
뜰 앞에 두 활개 느리고 섰노라면
애무하는 듯 내 머리에 송이송이 쌓이는 흰 눈
아, 이 마음 흰 눈 위에 가닥가닥
옛날의 조각을 다시 맞추어
그리운 그날을 고이 부르다

노자영 — 설야

잃어버린 콘서트

드디어 보디가드로부터 연락이 왔다, 문자로.

— 지리산 다녀왔어, 심신 수양하러. 저녁 같이 먹자, 누나.

요상하리만큼 반갑다. 곧바로 발신버튼을 누른다.

"휴대폰 안 가져갔었어? 걱정했잖아, 이 화상아!"

약속장소에 도착했다. 보디가드가 얘기한 커피숍. 아주 평범하고 조그만 입구였는데 들어와 보니 마치 오래된 커피공장에라도 온 듯한, 특이한 인테리어. 커피가 자루 채 담겨 있고 그 옆에 놓인 커다란 기계가 커피콩을 볶고 있다. 알코올램프처럼 생긴, 불기운을 아래로 둔, 유리로 된 기기에 한 잔 한 잔 따로 담겨서는 알 수 없는 공정을 거친 커피가 손님들 테이블로 옮겨진다. 메뉴판을 들여다보니 보통 커피숍보다 족히 두세 배는 높은 가격이다. 그래도 특이한 인테리어 때문인지 그리 비싸다는 생각이 들지 않는다.

보디가드가 왔다. 살짝 그을리고 살도 좀 빠졌다.

“어, 누나. 얼굴이 왜 그래.”

“아팠지 뭐. 죽다 살았어. 그나저나 네 얼굴도 만만치 않아.”

카페오레를 주문했더니 빈 커피잔을 테이블에 갖다놓고는 키 큰 바리스타가 자기 어깨 높이에서 두 개의 앤틱 주전자에 담긴 우유와 커피를 동시에 길게 따른다. 허공에서 하나가 된 커피와 우유가 쏟아져 내리자 커피잔은 잔잔한 거품을 예쁘게 피워 올린다.

“누나, 이거.”

보디가드가 봉투 하나를 내밀었다. 보아하니 함께 가기로 했던 ‘김경호 콘서트’ 티켓이다.

“누구 몰매 맞아 죽는 꼴 보고 싶어서 그래?”

“몰매는 무슨.”

“지난번 그 사람들한테 걸리면 말야. 언제 어디서 테러 당할지 몰라.”

“에이. 내가 있잖아, 보디가드!”

“내 옆에 있다간 너도 위험할걸?”

“그럼 선글라스도 있고 마스크도 있고 모자도 있잖아.”

“그러면 눈에 더 띈다는 거, 모르냐. 난 됐으니까 다른 친구랑 가.”

“됐어. 나도 안 갈래. 누나 나중에 두고두고 뒤끝작렬할 거 뻔한데 어떻게 가? 차라리 TV돌려보는 게 낫지.”

처음 보는 경호 씨의 콘서트티켓. 가방에서 다이어리를 꺼내 얌전히 끼워 넣었다. ……잠깐. 아니지, 객석이 두 개나 비면 무대에서 볼 때 꼭 이빨 빠진 느낌이 들 텐데, 그것도 상당히 앞쪽 가운데 자리인데……. 다시 티켓을 꺼냈다. 그리고 휴대폰으로 경호 씨의 이름이 찍힌 콘서트티켓 사진을 찍었다.

“누나, 뭐 해?”

“……그냥 이거, 친구랑 같이 가. 뒤끝작렬 같은 거 안 할 테니까, 가서 재밌게 놀고 사진이나 좀 찍어와.”

“응? 진짜? 우와, 누나가 어쩐 일이야. 이렇게 관대하게……. 그래, 알았어. 내가 아주 동영상으로 확실하게 찍어다 줄게.”

보디가드는 콘서트티켓을 다시 안주머니에 꽂아 넣으며 연신 헤헤거렸다.

“참, 누나.”

“왜.”

“글쎄, 박완규가 말이야…….”

“됐어. 그만해.”

"뭘, 얘기 들어보지도 않고……."

"알아, 무슨 말인지. 왜들 그렇게 공격적으로 사나 몰라."

"오호호! 우리 누나, 요즘 인터넷 좀 하는구나."

"그래, 한다! 팬카페 가입하게 만든 그 어떤 고마운 동생 덕분에!"

"크크. 아직도 화 다 안 풀렸어?"

"아마 평생 갈 것 같다!"

"그럼, 카페 관두고 싶어?"

"……아니……. 그건 아니지만서도……."

"크크크."

본론으로 돌아갔다.

"흠,흠, 암튼 사람 괜찮더니만. 센티하기도 하고 귀엽기도 하고. 자고로 친구를 보면 그 사람을 안다 그랬어. 경호 씨랑 친하다면 좋은 사람 아니겠냐구."

꽤나 오랜만에 만난 보디가드와 느긋하게 수다를 떨고 있는데 오빠한테서 전화가 왔다.

"혹시 윤식이 전화 받았어?"

"윤식 오빠? 아니. 왜?"

"만약 전화오더라도 무조건 No, 해야 된다!"

"무슨 말이야?"

"지네 회사 광고……."

커피 회사에서 CF를 담당하고 있는 윤식 오빠가 날 모델로 쓰고 싶어 한다는 얘기였다. 아무래도 예산이 많이 달리나 보다. ……피식, 웃음이 새어나왔다. 만약에라도 광고 나갔다간 겨우 잦아든 그 글들이 다시 활개를 칠 텐데……. 그저 알았다는 대답을 하고 통화를 끝냈다.

커피를 홀짝이고 있던 보디가드가 내 휴대폰을 빤히 쳐다보며 말한다.

"누나. 폰 언제 바꿀 거야?"

"왜."

"할머니 같애."

그리 보이는 것도 무리는 아니다. 난 아직도 스마트폰인가 뭔가 하는 넓고 납작한 휴대폰이 아닌, 열었다 닫았다 하는 고전적인 휴대폰을 사용하고 있다.

"바꿔봤자 뭐 해. 딸린 기능, 사용하지도 않을 텐데."

"이게 얼마나 재밌는 줄 알아? 혼자 있어도 심심할 일이 없다니깐. 완전 장난감이야, 장난감!"

"됐어. 난 통화랑 문자랑 사진만 되면 돼. 솔직히 지금 이 폰도 보유기능의 반도 사용 못하고 있는데, 게다가 이제 겨우 손에 익었는데……."

오늘 또 '나가수' 돌려보기를 했다. 김연우와 둘이서 부르는 〈사랑과 우정 사이〉……. 정말 좋다, 너무 좋다. 몇 번이나 보고 또 보고, 듣고 또 듣고……. 노래를 부르면서도 함께 나온 김연우를 배려하는 마음이 너무나 선명히 보인다. 마치 주연과 조연이 뒤바뀐 느낌이 들 정도로.

방에 들어와 〈사랑과 우정사이〉를 흥얼거리며 컴퓨터를 켰다. 노래의 가사를 찾아본다. 그런데,

……!

〈김경호와 김연우, 실제로 '사랑과 우정 사이'?〉라는 글이 보였다. ……허! 여기도 미친 인간이 하나 있네……. 클릭해서 글을 펼쳤다. 이미 수많은 댓글들이 달려 있었다. 나도 곧바로 댓글을 단다. ……그런데…… 달아놓고 보니, 상당히 과격하다. 이건…… 얼마 전 내가 치를 떨었던 그 악플들 수준에 거의 육박한다. 풋, 어이없는 웃음이 나왔다. ……아참, 그러고 보니 내 댓글 윗부분에 내 이름 samgyohee가 떠 있다. 잽싸게 댓글을 지웠다. ……그래……. 하고 싶은 말, 하고 살려면 어쩌면 닉네임이 필요할 것도 같다. ……이참에 댓글용 ID를 하나 더 만들어버릴까나……. 나도 어디 유령이 되어볼까나…….

헤드뱅잉

방금 리조또 한 그릇을 뚝딱 해치우고 일전의 그 고전적인 커피숍으로 자리를 옮겨 달달한 카푸치노에 케잌까지 곁들여 먹고 있다. 그런 나를 물끄러미 쳐다보던 보디가드가 상당히 걱정스런 표정으로 말한다.

"먹는 걸로 스트레스 풀면 안 되는데."

못 들은 척 열심히 먹고 있자니 그가 또 한마디 덧붙인다.

"사랑의 기억처럼 끈적거리는 것도 없지, 아마……."

"……?"

무슨 말인지 몰라 눈만 끔벅대고 있는 내게 그가 물어왔다.

"아직도 그 사람 생각나?"

허. 난 또 뭔 말이라고……. 묵비권을 행사했다.

"……."

"그렇구나……. 어쩜 평생 갈 수도 있겠네. 하긴…… 그런 식으로 헤어졌으니……."

20초 만에 묵비권을 포기했다.

"무슨 소리야."

"누나가 얘기해줬잖아, 병원에 있었을 때. 담배방에 숨어서 징징 짜고 코 팽팽 풀고 했던 거, 기억 안 나?"

또다시, 묵비권 행사.

"……."

나는 케익 한 조각을 애매하게 씹으며 창밖으로 고개를 돌렸다.

"누나……. 우리, 지금 뭐 하는 거지. 인생은 짧아. 우린 도대체 뭘 하고 있는 거지……."

제대로 상대해주지도 않는 말을 또 되풀이하고 있다.

"지겹지도 않냐. 그만할 때도 됐잖아."

"누나가 결혼 안 해주면 아마 평생 리메이크할걸? 버전 바꿔가면서."

"자고로 웨딩케익은 세상에서 가장 독하고 위험한 음식이라고 했어."

"독도 약이 될 때가 있잖아. 보톡스처럼……."

"내참."

"저기, 빛과 어둠은 서로를 존재케 하는 바탕이라며. 내가 누나의 어둠이 돼줄게."

"너 자꾸 사람 오그라드는 소리 할래? 그리고, 결혼은 사랑의 끝이자 특별할 것 없는 일상의 시작이란 말도 못 들어봤어?"

"행복하게 살려면 내일을 걱정하지 말아야 한다는 말은 몰라?"

……이거, 아무래도 책 서너 권은 달달 읽고 나온 것 같다.

"그나저나, 도대체 우리한테 '사랑'이란 단어가 어울리기나 하냐?"

"왜, 왜 안 어울려? 난 벌써, 이미, 누나 처음 봤을 때부터 사랑했는데."

"뭐?"

"생각해봐. 내가 미쳤어? 맘에도 없는 여자한테 보디가드 해주게."

"……누나…동생, 하자며……?"

"우연이랑 운명이 미묘한 차이가 있긴 해도 결국은 그게 그거잖아. 난 병원에서 누나 만난 거, 그리고 지금껏 이렇게 의지하며 지내온 거, 이게 바로 운명 아닐까 싶은데."

동문서답을 한다. ……보아하니 하고 싶은 말, 몇 구절을 아예 외워온 듯하다. 그냥 조용히 들어줘야 할 것 같다.

"……."

"정말 인정하기 싫은 일이긴 하지만 우리 일생을 지배하는 건 운명인 것 같아. 내 말 하나에, 내 행동 하나에, 달라질 수 있는 일은 거의 없으니까."

"……."

"하지만 말야. 최소한 서두르다 잃어버리는, 머뭇거리다 놓쳐버리는 일은 없어야 하지 않겠어?"

"……."

"누나. 꿀 먹었어? 뭐라고 말 좀 해봐."

줄기를 벗어난 얘기를 꺼냈다.

"사랑이란 단어는 너무 무거워. 그래서 무서워."

"왜 그래, 갑자기 약한 척."

"그냥. 이제 나도 늙어가나 봐."

"그런 표정 짓지 마, 누나. 내가 아프잖아."

"너! 자꾸 영화 대사 칠래? 간지러워 죽겠구만."

"흠, 암튼 누나는 내가 아니면 안 돼. 어디 누나가 좀 어설퍼?"

하기야. 내가 생각해도 맹하고 띨한 구석이 많다.

"어설프다…… 그래, 니 말이 맞다는 게 문제네."

"불안해서 못 놔두겠어. 다른 놈한테도 못 맡기겠고."

일단 맥을 끊었다.

"우리, 스파나 가자!"

하긴. 사랑을 하면서도 사랑이 뭔지 몰랐던 나였다. 친이 떠난 후에야 사랑을 알았고 여전히 헤어짐의 슬픔을 겪고 있는 나였다. ……혹시, 어쩌면 보디가드도 그렇지 않을까. 지금 그가 내 앞에서 사라진다면 나는 또 어떤 느낌을 받게 될까……. 문득 불안해진다. 그는 이미 내게 있어 아주 소중한 존재다. 그가 없으면 아무 것도 할 수 없을 것 같다.

……보디가드에게…… 나를…… 실어볼까……

스파를 하고 노래방에 들어왔다. 보디가드가 신나는 노래를 줄기차게 부르는 동안, 살짝 음치기가 있는 나는 그저 듣고만 있었다. 한참 본인의 애창곡을 불러대더니 이젠 경호 씨가 '나가수'에서 불렀던 노래들을 부르기 시작한다. ……가만. 듣고 있자니, 경호 씨의 헤드뱅잉이 떠오른다. 갑자기 시도해보고 싶어졌다. 화면을 보면서 열심히 노래를 부르고 있는 보디가드의 뒤에서 머리를 풀어헤치고 헤드뱅잉을 시도했다. ……몇 번 흔들었을 뿐인데 어지럽고 휘청한다. 안 되겠다, 이번엔 벽을 잡고 시도했다. ……그런데…… 뭔가 느낌이 이상하다. 고개를 들어보니 에고, 보디가드가 노래는 안 하고 휴대폰을 내게 맞추고 있었다. 내 헤드뱅잉을 동영상으로 찍고 있음이다.

"어, 누나, 계속 해, 계속! 하하핫, 하하하핫."

……쪽팔린다.

"너, 그거 이리 내, 빨리 지워, 지우지 못해? 빨리!"

민망함을 줄이기 위해, 히죽히죽 웃고 있는 그를 끌어들였다.

"너도 한번 해봐. 이게 생각보다 어렵네!"

들고 있던 폰을 놓고 보디가드가 헤드뱅잉 강습을 시작했다.

"이게 요령이 있걸랑. 일단 다리를 좀 벌리고 무릎을 살짝 굽혀. 자, 따라 해봐."

나는 시키는 대로 움직였다.

"……그리고, 손을 무릎 위에 살짝 둬서 무게중심을 잡는 거야. 그 다음엔 요렇게, 요렇게, 어때? 괜찮지 않아?"

제법 그럴싸하다. 열심히 따라했다.

"옳지! 그래, 그래! 우리 누나, 생각보다 운동신경 꽤 있네."

……이익고……

보디가드가 책을 뒤적이며 묻는다.

"자, 그럼 어디 본격적으로 해볼까. 어떤 노래로 할래?"

"음……. '걸어서 하늘까지'!"

우리는 지난 '나가수' OST경연 때 경호 씨가 불렀던 〈걸어서 하늘까지〉를 틀었다. 그리고 본격적인 헤드뱅잉을 시작했다.

경호 씨 최고!

보디가드가 제안해왔다.

“누나, 우리 내기하자!”

“내기?”

“응. 김경호가 ‘나가수’ 명예졸업 하느냐, 못하느냐.”

“미쳤어! 당연히 하지, 그걸 말이라고 해?”

“아냐, 알 수 없어. 지난번에 6위 했잖아. 그리고 청중평가단인가 뭔가 하는 그 인간들의 음악적 수준을 어디 믿을 수가 있어야지.”

“……하긴. 지난번에 그리 된 거 생각하면…….”

“그러니까 말야……. 이렇게 하자구. 명예졸업 하면 나랑 연인 사이가 되는 거고, 혹시라도 명예졸업 못하면 그냥 이대로 가는 거고.”

“……뭐?”

"헤헤헤. 됐지? 그리고, 누난 어느 쪽에 걸래? 나는 명예졸업에 걸었어."

"얘가 지금, 뭐가 어쩌고 어째? 누님한테 버릇없이. 누구 맘대로 그렇게 갖다 붙여?"

일단 톡 쏘긴 했는데, 가만 생각하니 그리 손해 볼 게임은 아닌지도 모르겠다. 무조건 경호 씨는 명예졸업 해야만 한다. 행운의 7트로피가 그의 손에 쥐어져야만 한다. 말이 씨가 된다는데 불길한 얘기는 아예 하고 싶지도 않다. 그리고 보디가드……. 지난번에도 좀 생각해봤지만 아무래도 내 옆엔 그가 있어야 할 것 같다. 이미 홀로 서기 힘든 관계가 되어버린 듯하다. 지나고 나서 깨닫고 후회하는 건 한 사람으로 족하다.

"누나, 어느 쪽이냐고!"

"내참……. 이런 억지가 어딨어?"

"암튼 빨리 대답해. 셋 안에 대답 안 하면 명예졸업에 거는 걸로 하겠음! ……자, ……하나아, ……두울, ……세에……ㅅ! 앗싸, 오케이!"

웃음밖에 안 나온다. 이건 내기도 게임도 아니다. 나도 모르게 깔깔거렸다. 보디가드도 낄낄낄, 따라 웃어댄다. ……어쩌다 보니 별 민망함 없이 관계의 개선을 도모할 수 있게 생겼다.

"그래, 내가 너하고 연인 사이가 되면 지금이랑 뭐가 달라지는데?"

"음……. 우선, '누나' 라고 안 부를 거야!"

"그럼 어쩌게?"

"이름에 '씨' 자, 붙이면 되지."

"됐어. 열없으니까 그냥 이름만 불러."

그나저나 경호 씨가 명예졸업 하지 않으면 안 될 이유가 하나 더 생겨버렸다.

일요일 저녁. TV 앞에 정자세로 앉았다. '나가수' 중간점검. 그는 '유종의 미' 를 거두고 싶다는 솔직한 얘기와 "명예졸업, 꼭 하겠습니다"라는 믿음직한 멘트를 남겼다.

방송이 끝나자마자 보디가드의 전화,

"누나. 이거, 아무래도 불길한 예감이 머리를 스치네."

"뭐가?"

"느낌상, 명예졸업은 따 놓은 당상인 것 같아서."

"……근데?"

"그러면 다음 주 일요일 밤부터는 내가 누나의 애인인 거잖아."

"그래서, 뭔 말이 하고 싶은 거냐."

"누나가 좀 괴팍해? 애인 노릇 하는 게 장난이 아닐 것 같아서 말이지. 벌써부터 살이 떨리네. 크크크."

"싫음 관둬! 나, 할 일 있으니까 그만 끊어."

방으로 들어왔다. 그리고 박완규가 부르게 된, 경호 씨가 추천한 경호 씨의 노래, 〈아버지〉를 찾아 들었다. 그가 애착을 가지는 곡이라니 또 느낌이 새롭다. 가사 하나하나가, 그 곡조가, 경호 씨의 목소리가, 가슴에 젖어든다.

가슴 깊이 묻어도 바람 한 점에 떨어지는
저 꽃잎처럼 그 이름만 들어도 눈물이 나
돌아갈 수 있을까 날 기다리던 그 곳으로
그 기억 속에 내 맘 속에 새겨진 슬픈 얼굴
커다란 울음으로도 그리움을 달랠 수 없어
불러보고 또 불러봐도 닿지 않는 저 먼 곳에
빈 메아리 되돌아오며 다 잊으라고 말하지만
나 죽어 다시 태어나도 잊을 수 없는 사람
단 한 번만이라도 볼 수 있다면
나의 두 눈이 먼다 해도 난 그래도
그 한 번을 택하고 싶어
가슴 깊이 묻고 있어도 바람 한 점에 떨어지는
저 꽃잎처럼 그 이름만 들어도 눈물이 나
떨어진 꽃잎처럼

《김경호 — 아버지》

월요일. 오늘은 경호 씨의 마지막 라운드 순위와 명예졸업 여부가 결정되는 날. 오전 10시부터 밤 12시30분까지 녹화가 있다고 들었다. 어젯밤, 공홈 가족들이랑 약속했듯 훤한 대낮부터 방에 촛불까지 켜놓고 수십 번 기도를 하고 해가 질 무렵부터는 염력을 발휘해 중얼중얼 주문을 외고…….

— 우리경호씨~~ 5회째1위~~ 최고득표율갱신~~ 아브라카다브라~~

이윽고 밤 한 시를 넘겼다. 지금 경호 씨 손에 트로피가 쥐어졌을까. 그래, 당연하지! 그나저나 순위는 어떨까. 그가 만족할 만한 숫자가 안겨졌어야 할 텐데……. 팬카페에 들어가 볼까 하다가 관뒀다. 회원들의 이런저런 걱정이나 염려의 글이라도 읽게 되면 더 싱숭생숭해질 것만 같아서. 제발…… 지금쯤 회식장소에서 경호 씨가 발그레한 얼굴로 사람들의 축하와 부러움에 젖어 있기만을 바라고 또 바란다.

다시 하루가 지났다. 밤 열 시. 답답해 미치겠다. 지금 우리 경호 씨는 어쩌고 있으려나……. 그간의 피로로 일찍 단잠에 들었으려나, 7트로피 선반에 올려두고 지나간 6개월의 '나가수' 방송이라도 느긋하게 감상하고 있으려나…….

벌써 며칠째 보디가드와 소통이 없다. 그가 왜 연락을 안

하는지, 또 내가 왜 연락을 안 하고 있는지 모르겠다.

불과 얼마 전까지만 해도 명예졸업 후딱 해버리고 스트레스 없이 활동했으면 좋겠다 싶었는데 막상 이번 주가 끝이라니 서운하기 그지없다. 그저…… 경호 씨의 진가를 다들 새롭게 알았을 테니 여기저기서 그에게 러브콜하고 그 덕에 우리는 경호 씨를 자주 만날 수 있지 않을까 기대해 본다.

이번에 나온 경호 씨의 환상적인 싱글, 듣고 또 듣고……. '때맞춰' 우리 팬들에게 이리 선물을 날리는, 그의 센스와 정성이 여지없이 느껴져 가슴이 아릿하다.

일부러 그런 것처럼 나는 너에게 참 못돼먹은 사람
맘에도 없는 모진 말들에 무너져가는 그대 그리고 나
사랑이 오기도 전에 나는 또 다시 이별을 얘기하네요
언제나 너를 탓하려 했던 너무 어리석은 나였겠지만
하고픈 말이 하나 있어
너를 아프게 한 기억들이 두렵겠지만
나를 눈뜨게 했던 단 한 사람 그대를 사랑했다고
미안하다는 한마디 입에 맴돌다 토라져버리는 말
철부지 같은 나의 사랑에 길을 잃어버린 너였겠지만
하고픈 말이 하나 있어

정말 미치도록 하고 싶은 그 말 한마디
나를 눈뜨게 했던 단 한 사람 그대를 사랑했다고
행복했단 거 다 거짓이라며 너를 울리고 나를 속이고
다시 또 후회하고
이렇게 마지막 하고픈 말 사실은 내가 미안해요
이미 오래전에 해야 했던 그 말 한마디
내가 사랑해야 할 단 한 사람 그대가 전부라는 걸
그대를 사랑했다고

《김경호 — 하지 못했던 이야기》

요 며칠, 연이어 밤샘이다. 실은 작년에 박철 해프닝 겪고 나서 화도 좀 삭일 겸 새로 쓰기 시작한 소설이 있었다. 거의 완성 단계에, '나가수'와 경호 씨에게 빠져들면서 잠시 손을 놓았었다. 그런데 그 작업을 다시 시작했다. 새로이 뜻한 바가 있어서, 그 뜻한 바를 이루기 위하여,, 뒷부분 2/3를 과감하게 잘라버리고,,, ……근데…… 가만…… 혹시라도…… 소속사랑 손잡고 홍보하는 걸로 보이면 어쩌지……. 다시 훑어본다. 그리고…… 적당히 자제와 절제의 미덕을 발휘하여 단어도 바꾸고 문장도 줄였다.

그나저나 갑자기 조증 기미다. 이번엔 물살이 꽤 높이 오를 것 같다. 살짝 책상 앞에 앉았다 싶으면 금세 네댓 시간

훌쩍 지나버리고, 잠을 못 자도 피곤한 줄 모르겠고, 뭔가 하고 있지 않으면 불안하고, 안 먹어도 배고프지 않고, 먹어도 배부르지 않고……. 무의식중에 중얼중얼 주문까지 외고 있다.

새벽 다섯 시. 아직 날이 채 밝진 않았지만 어쨌거나 일요일. 경호 씨의 마지막 '나가수' 방송이 있는 날이다. 잠깐 작업을 중단하고, 뻐근한 어깨를 이리저리 돌리며 마우스를 잡고 인터넷 세상을 열었다. 팬카페에 들어가 보고 공홈에도 들어가 보고……. 다들 어딘지 모르게 예민해져 있다. 아마도 나와 같은 이유일 것이다.

오랜만에 게시글을 썼다.

〈 다시 한 번, 주문을!!!!!!! 〉

며칠 밤샘 했더니 어질어질.. 헤롱헤롱......

그나저나 오늘은 경호 님의 '나가수' 마지막 방송일..

이미 지난 월요일에 결정 난 일이겠지만, 그걸 뻔히 알면서도, 짬만 나면 계속 '아브라카~~' 어쩌고 하면서 중얼거립니다.. 완전 입버릇 돼버렸어요.. ㅋ.. 암튼, 오늘밤엔 모든 공홈 가족들이 기쁘게, 즐겁게, 이야기 나눌 수 있기를...... 그런 의미에서, 다시 한 번, 아브라카다브라~~~~~~~!!!!!!!

……허억!

글을 올리고 나오는데, 오늘로 '나가수'가 시즌1을 끝내고 잠정휴지기에 들어간다는 정보가 잡혔다. 벌써 결정 난 일인 것 같은데 또 나 혼자 뒷북이다. ……하지만, 경호 씨와는 관계없는 일! 잠깐 놀랬던 가슴이 이내 씨익, 하고 미소를 짓는다. ……그래, 역시나 우리 경호 씨는 주인공이야. 주인공이 떠나면 무대도 일단은 막을 내리는 법! ……흐흐흐흐…….

잠시, 다른 가수들이나 그 팬들에게는 상당히 미안한 웃음을 웃었다. 그나저나…… 보디가드와 소통이 없으니 이런 뉴스도 깜깜……. 나는 도대체 어느 나라에 살고 있는지 모르겠다. 외계인이란 말을 들어도 싸다. ……역시나 내겐 그가 필요한가……. 언뜻 관계의 개선안에 동의하길 잘했다 싶어 흐뭇해졌다.

오후 네 시. ……드디어 두 시간만 더 지나면…….

괜히 이 채널 저 채널 돌려가며 산만한 시청을 하고 있는데 뜬금없이 들어오는 보디가드의 문자,

—누나. 방송 같이 보자!

커다란 LCD가 달린 호프에 왔다. 오늘만큼은 꼭 한 잔 필요하다는 보디가드의 간절한 주장을 받아들여 생맥주 한 잔

씩 앞에 놓고 앉았다. 우리는 경호 씨의 명예졸업이 결정되는 순간 '건배' 한다는 약속 아래, 맥주 위에 올라앉은 소복한 거품이 사라져가는 것을 아쉬워하면서 오징어랑 땅콩만 징하게 뜯고 씹으며 TV에 눈을 두었다.

드디어 경호 씨의 노래! 보디가드는 뜯다 만 오징어 다리를 잡고, 나는 까다 만 땅콩 껍질을 쥐고 숨죽여 화면에 집중했다.

나의 마음속에 항상 들려오는
그대와 같이 걷던 그 길가의 빗소리
하늘은 맑아있고 햇살은 따스한데
담배연기는 한숨 되어
하루를 너의 생각 하면서 걷다가 바라본 하늘엔
흰 구름 말이 없이 흐르고 푸르름 변함이 없건만
이대로 떠나야만 하는가 너는 무슨 말을 했던가
어떤 의미도 어떤 미소도 세월이 흩어가는 것
어느 지나간 날에 오늘이 생각날까
그대 웃으며 큰 소리로 내게 물었지
그날은 지나가고 아무 기억도 없이
그저 그대의 웃음소리뿐
하루를 너의 생각 하면서 걷다가 바라본 하늘엔

흰 구름 말이 없이 흐르고 푸르름 변함이 없건만
이대로 떠나야만 하는가 너는 무슨 말을 했던가
어떤 의미도 어떤 미소도 세월이 흩어가는 것
— 그녀의 웃음소리뿐 —

……헐…….

……헐…….

그의 노래가 끝나자 보디가드가 박수를 치며 촐싹거린다.

"이건 결과 보나마나야! 누나, 우리 건배하자!"

"음, 그럼 일단 반만 마시자!"

우리는 딱 반 잔씩 남겨놓고 나머지 다섯 가수의 노래를 지루하게 들으며 결과를 기다렸다.

이윽고 결과발표. ……1도 아니고, 2도 아니고,, 3도 아니고,,, ……뭣이라? ……4위? ……반복되는 애매한 등수에 갑자기 뒷목이 뻐근해지고 혈압이 오른다. 보디가드가 퉁퉁 부어오른 얼굴로 궁시렁거리기 시작했다.

"저봐, 저봐. 저러니까 시청률이 그 모양이지! 갈수록 가수들 노래랑 순위가 안 맞아떨어지니……. 쯧쯧."

"아까 반 잔만 마시자고 한, 이 누님의 깊은 뜻을 이제 알겠냐."

접시에 남아 있던 오징어머리를 한입에 물고 웅얼거리는

보디가드.

"……저거…… 혹시 MBC 작전 아냐? 마지막순간까지 긴장감 조성하려는."

박완규의 〈아버지〉는 5위였다.

"봐봐, 누나. 오늘, 박완규 좋았잖아. 선곡도 끝내주게 했고."

"그러게……."

"하여간 청평단 수준이며 제작진의 의도가 수상하기 짝이 없다니까."

"글쎄 말이다."

둘이서 잠시 입술을 부풀려 쫑알거리는 새, 이윽고 경호 씨의 명예졸업 여부를 발표할 시간이 왔다. ……왜 이리 마지막까지 애간장을 태워야 하는 건지……. 숨을 턱밑까지 들이마시고 MC, 윤종신의 입술모양에 눈을 모았다.

"자……, 그럼 발표하겠습니다. ……김경호 씨, ……명예졸업입니닷!"

……!!!

우와!

앗싸!

보디가드와 나는, 지극히 당연한 결과에 꽥꽥 소리를 지르며 일어섰다. 그리고 폴짝폴짝 뛰며 마구 박수를 쳤다. 저쪽

구석 테이블의 손님 네댓 명도 같이 일어서서 야호,를 외치고 있다. 다른 테이블의 손님들도 함께 박수를 친다. 다들 경호 씨의 팬인가 보다. 사람들 눈치 볼 필요도 없다. 보디가드와 눈을 맞췄다. 그리고 하나 둘 셋, 목청을 높였다.

"락, 윌, 네버, 다이!"

다시 TV에 눈을 가져간다. 경호 씨는 애기처럼 순진무구하고 귀엽게 7트로피에 뽀뽀를 하고 시청자에게 큰절까지 날렸다. 또 '앞으로 더 열심히 활동하겠습니다' 라는 메시지를 우리 팬들에게 선사했다. 밑으로 자막이 지나가는 엔딩에 그의 노래가 한 번 더 흘러나온다. 뿌듯하기 짝이 없다.

방송이 끝나고, 기뻐하느라 깜박했던 남은 반 잔의 맥주로 우리는 건배했다. 옆 의자에 걸쳐둔 코트 주머니를 헤집으며 보디가드가 귀엽게 지저귄다.

"누나아~ 손 이리 줘봐아~!"

"왜."

"히. 내가 말야. 이럴 줄 알고, 센스 있게 커플링까지 미리 준비했걸랑!"

기특하다.

"후훗."

보디가드가 반지를 꺼내고 나는 손을 내밀었다.

— 어, ……어쩐지…… 조금…… 아닌 듯한…… 느낌…….

반지가 마디에 걸려서 제대로 끼워지지가 않는다. 디자인도 그리 쌈박하지 못한 데다 사이즈까지 안 맞다. 보디가드가 살짝 당황한 듯, 억지로 용을 쓴다.

"고만 해. 손가락 부러지겠다!"

그는 땀까지 삐질삐질 흘리며 헛웃음을 웃었다.

"헤헷. 이게 왜 안 들어가나 모르겠네."

"넌 어째 이런 걸 제대로 못 맞추냐."

"그게, 내가 어디 누나 손, 맘 놓고 주물럭거린 적이 있어야 말이지."

"으이그, 됐어. 아주 그냥 센스가 넘친다, 넘쳐!"

"히히. 미안해, 내일 백화점 같이 가자."

집에 들어오자마자, 손만 대충 씻고 바로 컴퓨터를 켰다. 그리고 팬카페를 거쳐 공홈에 들어갔다. 다들 난리도 아니다. 지당한 결과에 환호하고 자축하느라……. 경호 씨에게 보내는 축하의 편지들도 끝없이 이어지고 있다. 나는 여기저기 기웃거리며 기쁨의 댓글을 달고 또 달았다. 대학에 합격했을 때만큼이나 기분이 좋다. 나와 같은 기분을 공유하는, 우리 공홈가족의 뜨거운 메시지들…….

* 열아홉의 설레임을 되찾아주신 우리 경호님, 사랑합니다.

* 명졸 축하드려요옹~ 저, 울었떠요…… ㅎㅎ

* 마지막도 첫 회처럼 글케 두근두근.... ^^;

* 경호폐하, 감축드리옵나이다~

* 애 낳을 때도 이렇진 않았는데…… 온몸이 물먹은 솜입니다. ㅋ

* 아직 정신을 못 차리겄어유. @.,@

* 츄카츄카! 에헤라디여~~

* 감동…… 눈물 머금꼬 들었써요. T T

* 소신 있는 진정성에 뿅~~! 역시 당신은 챔피언입니다!!

* 이제 일요일을 무슨 낙으로 사나여. 아, 공허 그 자체……

* '나가수' 후유증으로 체력방전이실 텐데, 무조건 휴식 취하시길!!!

* 오빠. 왕관 씌워드리고 시퍼요.

* 축하영상 제작중임다. ㅋㅋ

* 만세, 만세, 만만세! ^^

* 그간 너무 수고 많으셨어요. 이젠 저희 품에서 잠깐 쉬셔요~~

* 아직 일본이세요? 그치만, 인터넷 되쟈나요…… 빨리 다이어리 써쥬세요 빨리~ 잉~잉~잉~~

* 지나간 시간이 꿈만 같아요. 간직할 추억이 생겼음에 기쁘고 감사합니다……

기어이 몸살이 나버린 것 같다. 머리도 아프고 뼈마디도 쑤시고……. 백화점 같이 가기로 한 약속도 미루고 이불을 덮어쓰고 누웠다. ……살짝 잠이 들락말락하는데 보디가드로부터 전화가 들어온다. 몽롱하게 받았다.

"누나, 뭐 해? ……내 이럴 줄 알았다니깐. 혹시나 했더니 역시나……."

"……뭐가……?"

"지금 KBS2에서 '스인극' 한단 말이야."

"……응? 스인극이 뭔데."

"스타인생극장! 빨리 봐, 빨리. 김경호 나와!"

……!

벌떡 일어나, 빛의 속도로 TV 앞에 달려가 앉았다. 〈스타인생극장-김경호편〉 4부작의 첫회. ……저기 저 '뭉실이'는 전생에 나라를 구했나……. 경호 씨의 귀염을 독차지하는 강아지를 보며 혼잣말을 하기도 하고, '익숙해져버린다'라는 말이 제일 싫다는 그의 말에 고개를 끄덕이기도 하고, 양파를 써는 자태와 그 솜씨에 감탄하기도 하고, 상추가 시들하다고 푸념하는 모습에 깔깔거리기도 하고……. 엉? 근데, 잠깐, 오로지 스키니만 입는 줄 알았더니 펑퍼짐한 바지에 빨간색 수면바지까지……. 흐흐흐. 귀엽다. 소파 위에 놓인 토끼쿠션과 너무나 잘 어울린다. ……? 근데……? 저게 끝이야? ……치사하게 딸랑 35분 보여주고 만다. ……뭐야, 사람 감질나게……. 쩝쩝대며 자리에서 일어났다. 엄마가 부엌에서 날 부른다.

"밥 먹어, 밥!"

입이 깔끄럽다.

"나중에 먹을게요."

밥상에 제대로 안 앉은 지 사흘 만에 드디어 엄마가 소리를 질렀다.

"먹고 들어가! 너, 요즘 약은 제대로 챙겨먹고 있는 거야?"

엄마의 잔소리를 반찬 삼아 저녁을 먹고 방으로 들어왔다. 그리고 잠깐 누웠다. ……흐음……. 그래도 내일, 모레, 글피, 사흘이나 남았다. 어쩌면 한꺼번에 보여주는 것보다 조금씩 나눠서 보여주는 게 나을지도 모르겠다.

침대에서 일어나 휴대폰에 알람을 설정했다. 방송시작시간 5분 전, 저녁 7시 40분으로. 그리고는 곧장 책상 앞에 앉아 컴퓨터 전원버튼을 꾸욱 눌렀다. ……아우웅……. 기지개를 한 번 늘어지게 켜고 또 다시 작업에 들어간다…….

작가 후기

경호 님.

우리는 당신을 사랑합니다.

언제나 밝은 웃음이 함께하는 생활 되시길 기원합니다.

아프지 마요, 몸도 마음도…….

아이스브레인 님, 케이리 님, 티케 님, 여름 님, young 님, yume 님, 낑님, 0 님, 브로아 님, 도도새 님, 하늘그리움 님, 스콜피온스 님, 지은 님, 경국 님, 유나 님, 영신 님, 바라 님, 그리고 보디가드, 항상 고맙습니다.

이천십이 년 이 월.

박삼교의.

일부러 그런 것처럼 나는 너에게 참 못돼먹은 사람
맘에도 없는 모진 말들에 무너져가는 그대 그리고 나
사랑이 오기도 전에 나는 또 다시 이별을 얘기하네요
언제나 너를 탓하려 했던 너무 어리석은 나였겠지만
하고픈 말이 하나 있어
너를 아프게 한 기억들이 두렵겠지만
나를 눈뜨게 했던 단 한 사람 그대를 사랑했다고
미안하다는 한마디 입에 맴돌다 토라져버리는 말
철부지 같은 나의 사랑에 길을 잃어버린 너였겠지만
하고픈 말이 하나 있어
정말 미치도록 하고 싶은 그 말 한마디
나를 눈뜨게 했던 단 한 사람 그대를 사랑했다고
행복했단 거 다 거짓이라며 너를 울리고 나를 속이고
다시 또 후회하고
이렇게 마지막 하고픈 말 사실은 내가 미안해요
이미 오래전에 해야 했던 그 말 한마디
내가 사랑해야 할 단 한 사람 그대가 전부라는 걸
그대를 사랑했다고

김경호 — 〈하지 못했던 이야기〉

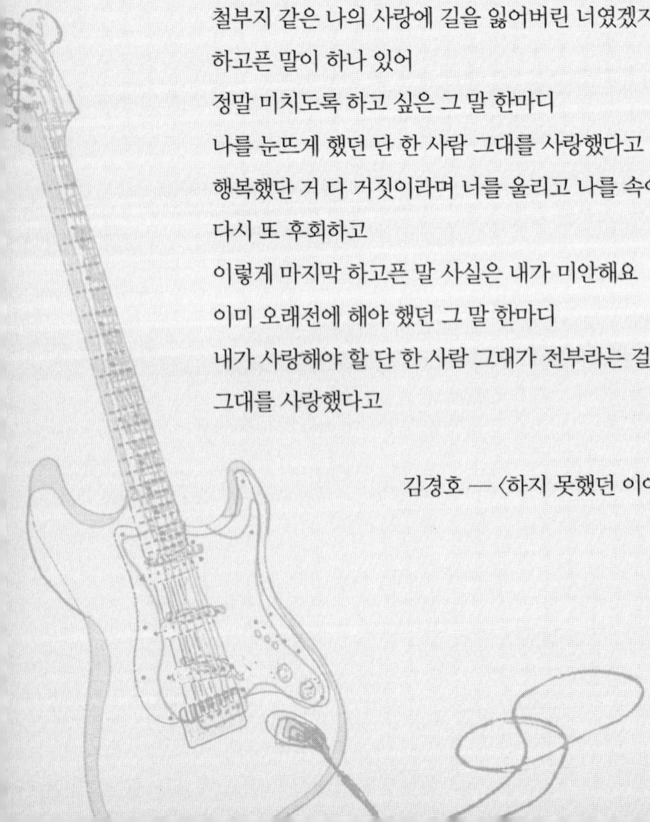